三角的距離無限趨近零

Bizarre Love Triangle

岬鷺宮
Misaki Saginomiya

illustration◊Hiten

Kadokawa Fantastic Novels

致××

像這樣寫信給妳，這還是頭一次吧。
妳可能會感到驚訝，其實我也想不到自己會想做這種事。
上次在信紙上寫字是我還在讀小學的事。
也許在寫信給十年後的自己後，我就再也不曾這麼做了。

自從認識秋玻與春珂，時間到底過了多久呢？
感覺像是一個月，又像是一年，也像長達十年之久。

不知為何，我一直相信從那一天開始的日常生活不會結束。
天真地以為跟妳在一起的日子會永遠持續下去。
因為這份天真，我肯定看漏了許多事情。
比如說，在放學路上的天空閃耀的星星、改用右手拿的書包、為了某人說的謊言。

球在空中描繪出的拋物線、從焚化爐冒出的煙，還有在無意識中反覆說出口的口頭禪。

只有當時才能觸及的事物。

以及已經失去的事物。

所以——

我想在最後跟妳一起逐一串起那些點點滴滴。

—Hypocrite lecteur, —mon semblable, —mon frére!

序章
Prologue

那段文字像是咒語一樣，讓我反覆讀了好幾遍。

就是那本書皮已經磨破，內頁也曬黃了，封面上有著無數細微傷痕的文庫本開頭，從第九頁到第十頁的地方。

那段文字已經不再給我新鮮的感動。

文字出現完形崩潰的現象，變得連意義都無法理解。

即使如此，我還是像要抓住救命稻草一樣，不斷地反覆閱讀那段文字。

——吸。

我在無意識中吸了口氣，聞到地板樹脂蠟的冰冷味道。

這裡是我今後所屬的二年四班教室的窗邊座位。

我不知為何特別早起，閒閒沒事就跑來這裡，可是——

再過一小時……

再過一小時，開學典禮就要開始了。

只要聽校長說完跟複製貼上沒兩樣的開場白，大家一起唱完充滿昭和氣息的校歌，聽訓導主任說完約束力跟「未滿十八歲禁止閱覽」差不多的注意事項，接著從體育館回到這間教室後，嶄新的日常生活就開始了。

教室裡在春假期間未曾換氣的熟成氣味，應該會在新學年的生活中，轉眼間就切換成日常生活的氣味吧。

「——唉……」

回過神時，我嘆了口氣。

今後我肯定也會在這間教室裡扮演好幾種自己吧。

在朋友面前的自己。

在老師面前的自己。

在不熟的人面前的自己。

在眾人面前的自己。

我不覺得那是壞事，也認為那是有必要的。

然而，那總是讓我有種彷彿欺騙自己的罪惡感。

彷彿在我那麼做的同時，會變得搞不懂什麼才是自己的真心。

因此，為了至少不要迷失自己，我想在那之前反覆品味自己真正喜歡的東西。

總覺得只有讓我醉心的事物能讓我繼續做自己。

就在這時——

「……那是池澤夏樹的書？」

——聲音在非常近的地方響起。

我猛然抬頭一看。

眼前——不知不覺間出現一位女孩。

那是一位穿著制服，探頭看向我的女學生。

「《靜物》……我也喜歡那本書喔。」

——首先，我感受到一陣小小的衝擊。

在腦海中浮現出「她是誰？」「被她看到了嗎？」和「糟糕了。」這類感想之前，有一道微弱的電流竄過身體——

少女有著宛如玻璃工藝品的端整五官，以及映著幾光年外銀河的深邃眼眸。

在清晨陽光的照耀下，黑色短髮反射出淡淡的光澤。

穿在身上的制服外套是全新的，放在書包上的手指細得像是蠟燭，一臉不可思議的表情似乎疏於防備，但故作成熟的臉孔又顯得無精打采——

——我隱約有種預感。

這只是感情劇烈波動前的不可思議的風平浪靜——

——啊，現在可不是想這個的時候。

我趕緊把書藏到桌子底下。

「哎呀～～啊哈哈！嚇死我了，我都沒發現妳在這裡呢！」

我勉強擠出笑容，拉高音量滔滔不絕地說：

「話說，妳是什麼時候進來的？難不成妳已經盯著我看很久了嗎？如果是這樣，妳可以跟我打聲招呼啊！」

「……我剛進來。你為什麼要把書藏起來？」

「啊，妳看到了嗎？該怎麼說呢，我只是跟朋友借了這本書，隨便翻翻罷了，內容看不太懂，而且總覺得有些難為情～～」

「……為什麼你會覺得難為情？」

「因為一般人都不會看這種書嘛！更何況還是躲在教室裡一個人偷看……」

「我是不曉得一般人會不會看這種書啦……」

以這句話作為開場白後，她挺直背脊。

然後用銀鈴般的澄澈聲音朗誦——

「——重點是把由山脈、人、染色工廠與蟬鳴聲等事物組成的外在世界，與你心中的遼闊世界連結起來，站在一步之外的地方，試著呼應並協調並列的兩個世界。比如說，觀星便是一個好方法。」

——我倒抽一口氣。

她流暢背誦出來的那段文字。

正是《靜物》開頭那段我反覆閱讀的詩句——

女孩筆直地看向我。

「……這是本好小說不是嗎？」

——強烈的尷尬湧上心頭。

那是毫無糾結與意圖，純粹發自內心的感想。

她的真心話像新芽一樣毫無防備，卻又像大樹一樣無可動搖。

相較之下……我又是如何？

懷著膚淺的企圖扮演別人，用淺薄的演技偽裝自己，貶低拯救了自己的小說——

自我厭惡像吸了水的運動鞋，讓腳底越來越冷。

我沉默了整整十秒鐘左右。

「……是啊。這或許是本好小說吧。」

再也忍不住的我如此承認。

然後——

「——應該說，嗯，我很喜歡這本《靜物》。在我至今讀過的小說中，或許可以排進前五名吧。」

回過神時，我還說了這種話。

「可是，呃……看這種書不太符合我的角色，所以我不是很想讓別人看到我在讀這種書……才會感到有些緊張……」

我不敢相信自己做了什麼。

我剛才脫口而出的話語，是不管老師、家人還是朋友，都絕對不能讓他們知道的真心話。

然而，我不知為何對初次見面的女孩說出這些話……

「原來如此。」

無視陷入混亂的我，女孩點了點頭。

然後她那染成乳白色的雙頰微微放鬆了。

「——不過，我覺得你不需要在意那種事，只要抬頭挺胸活下去就行了。」

——我的呼吸完全停住了。

我的心被她的視線射穿，被那微微的髮香緊緊抓住。

我不知為何動彈不得，連一根手指都動不了。

「你從今天開始就是這一班的學生嗎？」

「……啊，嗯，沒錯。」

這個問題解除了我的石化狀態。

「難道說……妳也是二年四班的學生？」

「嗯。」

「……對了，那妳一年級時讀哪一班？」

仔細想想，我對眼前這名女孩毫無印象。

雖然同年級的女生在這所學校有兩百人左右，但我在文化祭、運動會和各種活動上都有稍微碰過面，對某人完全沒印象是有點罕見的事情。

「我是今天轉學過來的水瀨秋玻，請多指教。」

「原來妳是轉學生啊……呃，我叫矢野四季，請多指教……」

「矢野同學啊。」

就在這時，水瀨同學像是想起某件事，看向手腕上的手錶。

然後——

「——糟了。」

她突然板起臉孔。

……她怎麼了？難不成是有東西忘了帶嗎？

就在我感到納悶的下一瞬間——

她的表情——出現了細微的變化。

緊繃的臉一瞬間變成面無表情……然後就跟用檸檬汁寫下的暗號被火烤過現形一般，開始顯露出驚訝與困惑的感情。

那是「彷彿換了個靈魂」的柔弱表情。

然後，水瀨同學將視線移向我。

「……哇！」

露出像是第一次發現我在場的表情。

「……怎麼了嗎？」

「那、那個……我沒事！」

只說出這句話後——她連忙把書包抱到胸前。

「我……我先告辭了！」

我還來不及叫住她，她就已經小跑步衝出教室。

獨自被留下來的我只能發呆。

「……她到底怎麼了？怎麼突然就跑掉了……」

我茫然望著她離去的教室後門。

聞著地板樹脂蠟的氣味，看著從窗外射入的奶油色陽光，感受著有如流水吹拂而過的春風。

不過……這樣啊……

她要變成我的同班同學了嗎？

我們將要在這間教室裡共度同樣的日常生活了嗎——

——我突然驚覺自己的心動搖了。

令人心煩意亂的空虛感盤踞在胸口。

「啊啊……」我徹底理解了。

我——墜入了愛河。

四月九日，升上二年級的第一個早上。

我愛上了只稍微說過幾句話的水瀨秋玻——

第一章
Chapter.1

或者，這就是我們的現代自我

Bizarre Love Triangle

三角的距離無限趨近零

場景：開學典禮前的等待時間

角色模式1：愛說笑的同班同學

「——咦～～今年又要跟矢野同班了嗎！」

「幹嘛啦，須藤，又可以跟帥哥同班，妳應該很開心吧？」

「好好好，隨你怎麼說！你才是呢，可以跟我同班，心裡一定很爽吧？」

「……是啊，其實妳說對了。現在光是跟妳在一起……我的胸口就好難受……」

「我就知道！唉……長得可愛也是種罪過呢。我又讓一個男生陷入不幸了……」

「是啊。所以記得請我喝杯飲料，當作是慰問金吧。」

「我才不要！自己的心傷自己治療！」

場景：通往教室的走廊

角色模式2：聽話的好學生

「——嗚哇……老師，那些東西好像很重耶……」

「就是說啊。學年開始時要發的東西總是很多……」

「那我來幫忙拿一些吧。」

「你確定嗎？這還挺重的喔。」

「嗯。我要接手嘍……嘿咻。喔喔，真的很重耶。對了，這些東西一到教室就能直接發下去嗎？」

「嗯，沒問題。你真的幫了大忙，謝謝你。」

「不會不會～～老師別跟我客氣。不過，今年的內部評鑑就拜託您手下留情了！」

「那可不行。這部分我會公平做出判斷！」

「咦～～！好嚴格喔～～！」

場景：同班同學聚集的教室裡

角色模式3：初次同班的平易近人男生

「……你叫矢野，對吧？你長得是不是有點像那位搞笑藝人？就是短腿貓小隊的柏田。」

「什麼！不不不，哪裡像了！一點都不像吧！」

「就是那種超級天然呆的個性跟長相……嗚哇，果然超級像的！」

「我才不是天然呆！長相也完全不一樣吧～～！」

「真是笑死人了。那我以後就叫你柏田了！」

「……拜託不要！要不然這個外號會固定下來啊～～！」

＊

——當放學的班會結束時，我已經把自己能演的角色都演了一遍。

「那今天就到此為止吧。」

從一年級便是我班導的千代田老師如此宣布，二年級第一學期的第一天就結束了。

「明天開始就要正常上課了，請大家別忘記把該帶的東西帶來。那大家明天見。」

明天見——班上同學們像是在輪唱般如此回答。

接下來桌椅碰撞的聲音響起，我呼出有如風箏線般細長的氣息，把聲音藏在其中。

——我發自內心對這種事感到厭煩。

努力察言觀色，找出別人會喜歡的自己，扮演對方期望的角色。

為什麼我要像這樣偽裝自己，一次又一次地說謊？

一旦開始這麼想，思考轉眼間就陷入僵局。

再說……所謂的「角色」到底是什麼？

明明是個有血有肉的人，到底要在日常生活中扮演什麼？

我透過很快就沾滿指紋的窗戶看向外面，正門附近的櫻花樹就在這時期開滿了花。

難掩興奮的吵鬧聲充滿教室，聽不出內容的歡呼聲從隔壁班傳來。

總覺得這一切——都像是人為的產物。

開學典禮當天就是該有盛開的櫻花。

放學後的高中生就是該興奮不已。

讓教室裡有一組人馬大聲喧嘩或許也不錯。

大家不就是都懷著這樣的想法——在扮演角色嗎？

「——咦？你想太多了吧！」

不知出自誰口中的這句話，從這陣喧囂中傳進我耳中。

沒錯，我也覺得自己想太多了。

為了圓滑地與人溝通，為了讓對話過程變得愉快，讓自己的反應誇張或是壓抑一些，在某種程度上也是沒辦法的事。

不過要是做得太過火，就會變成欺騙自己，同時也是在欺騙別人。

而我非常清楚，那種欺瞞——有時候會傷害到某人。

既然如此，那我希望自己做個無論何時都不會動搖的人。

我想做個沒有扮演任何人的「一貫的我」。

「——欸欸～～水瀨同學，等一下要不要跟我們一起去喝茶？」

那道聲音是從前面的第三個座位傳來。

我看向座號三十七號的水瀨同學的座位。

「附近最近開了間咖啡廳，那裡的格子鬆餅超好吃！而且還淋了藍莓果醬……」

「機會難得，我們就當作是開個小小的歡迎會，如何？」

「很抱歉。」

水瀨同學連假裝笑一下都沒有就搖頭拒絕。

「我現在沒那種心情，而且今天還有一些轉學手續要辦。」

——即使班上同學如此邀約，水瀨同學也只是隨口帶過。

她今天一整天都是這樣。

從不勉強自己發出笑聲，只在真正有必要的時候顯露出適度的情感。

她絕非虛假角色，是位「一貫的女孩」。

在這間充滿假貨的教室裡，她是我唯一的——心靈支柱。

「……咦～～那真是太可惜了～～！」

「那下次再去吧！」

因為被冷冷拒絕而啞口無言的女生們馬上就擺出客套的笑容離開教室。

說不定剛才那兩人已經在心中把水瀨同學定位成「難搞的女孩」了。

我覺得她或許只是不擅交際。

或許水瀨同學並非懷著堅定的意志貫徹自我，只是真的不擅長配合別人罷了。

不過，我覺得那樣也無所謂。

即使如此，我還是想一直欣賞那對漆黑色的深邃眼眸，想撫摸她那有如絹絲般柔順的黑髮，還有像白桃的臉頰。

正當我想著這種事時，水瀨同學起身離開教室。

書包還留在桌上。也許就跟她說的一樣，轉學手續還沒辦完。

那我也回家吧，反正須藤與修司今天好像都要直接回家……

就在我想著這種事情起身時——

「……對了。」

我突然有個想法。

畢竟今天是新學期的第一天。

「……去社辦看看吧——」

*

我在社辦待了好一陣子。

正當我動身前往校舍出入口準備回家時，才發現有東西忘了拿。

那就是今天剛發下來的課表。

雖然只要用Line跟須藤等人說一聲，對方應該就會拍照傳給我，但為了這點小事欠人情也不是好事。雖然很麻煩，還是先去教室拿東西再回家吧。

我沿著樓梯往下走了半樓來到連通道。

某處正在做長號與低音號的長音練習。

不認真的打擊樂社員用鐘琴演奏《三分鐘廚房》裡的曲子。腦海中浮現出跳舞的Kewpie娃娃（註：《三分鐘廚房》是一個日本節目，贊助商是Kewpie）。

就在這時——我突然發現時間已經超過十二點，而且還過了一段時間。

我肚子很餓。

在走進北邊校舍的同時，我思考今天的午餐該吃什麼。

因為昨晚煮的咖哩還有剩，八成會是主餐吧。

對了，媽媽今天早上還做了馬鈴薯沙拉，那應該也放在冰箱裡。

再來只要把味噌湯調理包和冷凍白飯加熱一下，再擺上奶奶寄來的梅乾就完成了。

我其實想吃義大利麵或其他食物，但那些畢竟是都要上班的父母辛苦準備的東西，我得心懷感激地吃掉才行——

正當我忙著思考矢野家的家庭狀況，我來到了教室。

然後就在我把手放到油漆即將脫落的門上時——

「——可是……概吧……」

我注意到從裡面傳出的細微聲音。

「啊～～……那……有點……」

我只聽到一位女孩細微的說話聲。

看來似乎是有人在自言自語。

因為隔著門板，我不是很清楚聲音的主人是誰。

不過……我猜應該是個性乖巧的柏木同學、桐生同學或新田同學吧。

「……不是嗎？……如果是這樣，沒那麼……吧……」

……對方似乎毫無防備。

如果我就這樣沒禮貌地走進教室，肯定會嚇到聲音的主人。看來我應該抓準時機，自然地把門打開比較好。

我想著這種事，把手從門上拿開，從門上的小窗看向教室裡面。

「……嗯？」

玻璃另一邊的意外光景讓我不禁——懷疑起自己的眼睛。

教室裡果然只有一個女生。

那女生站在靠近走廊的座位旁邊，背對著我把東西收進書包——

——好像是水瀨同學。

畢竟她就坐在靠近走廊的後方座位，全新的制服外套也是轉學生才會有的東西，肯定錯不了。

更重要的是……

我今天一整天都緊緊注視著她的背影，不可能看錯。

然而——

「……嗯～～……明天呢……還是去看看比較好吧……」

從教室裡傳來的聲音依然是她的自言自語。

但那聲音無論如何都跟水瀨同學那種凜然的形象對不上。

我像是在看一齣選錯配音員的電影，感到某種令人渾身不自在的詭異。

這真的是她在說話嗎？

還是教室裡還有別人……？

我找了一下……但門的另一邊果然只有水瀨同學。

當我忙著觀察情況時，她拿起書包轉過身來。

然後，那張臉也終於轉向這邊——

——我嚇傻了。

那是「另一個人」。

看起來是另一個人。

從五官和髮型看來，她毫無疑問就是水瀨秋玻。

然而……她那快哭出來般皺起的眉頭、閃爍著不安的眼睛，以及彷彿在確認有沒有拿好而不斷換手拿書包的舉止，不管怎麼看都像另一個人。在我眼中，她就只是有著水瀨同學模樣的別人。

——我趕緊躲起來，但慢了幾秒。

「……咦？」

水瀨同學看了過來。

隔著門上的小窗，我們四目相對。

糟了——就在我準備開口辯解的瞬間——

「啊……啊哇哇哇！」

因為受到驚嚇而往後退的水瀨同學失去了平衡。

書包掉在地上，想抓住桌子的手也撲了個空——就這樣——

「好痛！」

——她一屁股跌坐在地，發出響亮的聲響。

「妳……妳沒事吧！」

我趕緊開門，衝到她身旁。

「抱、抱歉……我並不是有意偷看……」

「好痛喔……謝、謝謝……謝謝你……」

我伸出手，皺著一張臉的水瀨同學不好意思地抓住我的手，站了起來。她輕輕拍掉裙子上的灰塵，撿起掉在地上的書包。

然後她一臉難為情地看向我。

「對……對不起。我還以為這裡沒有別人，所以有點嚇到……」

她的表情還是一樣柔弱，看起來有些缺乏自信。

「……那、那個，水瀨同學，我沒想到妳原來還挺冒失的。」

「咦？」

「呃，那個，今天早上碰面時，我還以為妳是個相當精明的女孩……」

「……啊啊！」

聽到我這麼說，她露出總算搞懂狀況般的表情——

「那、那個……對不起，因為剛轉學過來事情很多，我有點累了。」

——她突然換上凜然的表情。

「我好像讓、讓你見笑了呢……」

「……啊，不會，那倒是無所謂。」

「不過，平時的我會更穩重一些，如果你能忘記剛才看到的事，我會很感激……」

「嗯，我知道。可是……」

「怎麼了嗎？」

「呃，水瀨同學……」

我先是猶豫了幾秒鐘。

不知道自己該不該說這種話——

「——我總覺得妳好像在勉強自己……」

她表面上看起來確實跟早上的時候一樣。

不但說話語氣沉穩，還擺著一張酷酷的表情，像是不食人間煙火的仙女。

背脊也比剛才挺得更直，舉止給人一種清廉潔白的感覺。

然而，她的眼神卻慌張地飄來飄去，聲音中也帶有一絲不安……讓這一切看起來就只像在演戲。

我只看到某個不一樣的別人用比文化祭時普通學生演員還要差的演技，在扮演「水瀨秋玻」。

「不……不對，你誤會了……」

聽到我這麼說，水瀨同學眼神亂飄的速度更快了。

她不斷換手拿書包，腳步很不穩定，聲音也明顯變尖了。

「這、這就是平常的我。總之，我今天先告辭了……」

說完，她從我身旁走過，準備走出教室——

「——哇！」

少女嬌小的身軀又晃了一下。

某人沒擺好的椅子椅腳就在她腳邊。

——她絆到腳了。

我趕緊伸出手，抓住她纖細的手臂。

還來不及為那柔軟的感觸感到驚訝，身體就感受到女孩鮮明的重量。

我連忙用腳出力，把重心移到另一邊——在千鈞一髮之際穩住身體。

太好了，幸好我們都沒摔倒……

「妳……妳沒事吧？」

我戰戰兢兢地這麼問，水瀨同學緩緩轉頭看了過來。

然後，她剛才硬裝出來的凜然表情就這樣垮掉了。

「……不行了～～……」

她露出快哭出來的表情說出這些話。

「對不起，秋玻～～……第一天就事跡敗露了……」

*

——那、那個啊，在我體內……在這副身體裡面，有兩個……靈魂？人格？有兩個人……住在裡面。

你今天早上遇到的是主人格「秋玻」……而我是副人格「春珂」……

那、那個……雖然我們原本是同一個人，但大概在七年前左右吧？因為發生了某些事情，我誕生了……

……嗯，秋玻那時候好像承受很大的壓力……

啊！不過，那些事已經解決了，所以不成問題！很抱歉！讓你擔心了……

……嗯，沒錯。

事情就是這樣。所以，醫生也是這麼說的。

醫生說我們是——雙重人格。

「……雙重人格……」

這種只會在小說裡出現的事，讓我感到一陣暈眩。

我已經顧不得自己還沒吃飯了。

光是要消化眼前的女孩——水瀨春珂所說的話，就讓我竭盡全力。

在只有兩個人的二年四班教室窗邊座位上。

出了一連串的糗，自認已經無法繼續隱瞞事實的她拚命向我解釋「雙重人格」這種有如天方夜譚的事情。

「——我想想……現在好像是……一百三十一分鐘！每隔一百三十一分鐘，我們的人格就會對調！很不可思議對吧……可是，聽說偶爾就是會出現像我們這樣的人……」

「——啊，對調的時間並非絕對不變，也會隨著當時的身體狀況變快或是變慢。我說的一百三十一分鐘，只是目前大致的平均值……」

「——沒錯，所以我們的記憶是分開來的。因為我們會用智慧型手機彼此聯絡，才能知道一些重要的事與課堂上的事……」

在此之前，「雙重人格」對我來說只不過是「偶爾會在故事裡看到的題材」。

《化身博士》也是這樣的故事，最近的漫畫也偶爾會看到這樣的人物設定。

在那些作品中，第一人格與第二人格的個性都有相當大的差距……而眼前的水瀨秋玻與春珂也不例外，個性可說正好相反。

總是冷靜超然，不隨便顯露感情的秋玻。

以及現在在我眼前拚命解釋的冒失鬼春珂。

據說副人格誕生的目的是保護自己免於巨大壓力的傷害，所以第二人格容易變成與第一人格截然不同的個性，或許是必然的結果吧……

——即使勉強自己在腦海中想著這些事情。

對於眼前這位軟弱的女孩是「雙重人格者」這件事，我也依然毫無真實感。
只就外表來看，春珂確實長得跟秋玻一模一樣。
柔順有光澤的黑色鮑伯短髮，以及細長清秀的眼睛。
有如纖細雕刻物的鼻子，還有看起來跟奶油一樣柔軟的雙脣。
然而——我現在並沒有感受到胸口的痛楚。
即使她就在這麼近的地方，我也不會心痛。
我的心把秋玻與春珂看成兩個完全不一樣的人。
「——事情大概就是這樣……」
她似乎解釋完了。
春珂輕輕呼了口氣，手忙腳亂地從書包裡拿出茶水喝了一口。
「對、對不起，我不是很會說話……可是，這樣你應該大致明白了吧……？」
「啊，嗯，謝謝妳。我都明白了。」
「是嗎？那就好……」
春珂鬆了口氣般露出微笑。
那表情——讓我覺得自己像在玩出現臭蟲的遊戲。
給人感覺那麼伶俐的秋玻光是內在換了個人，居然就能散發出這麼悠哉的氛圍……

若是站在客觀的角度思考，我還是覺得她不可能是雙重人格者。

她是出於某種理由在演戲，或者她們其實是雙胞胎，為了捉弄我才說出這種謊言，這樣想肯定才是正常的。

然而……我至今一直在扮演其他角色欺騙別人。

對自己的謊言與別人的謊言都很敏感的我很清楚地感受到了。

——那就是眼前的春珂並不是在演戲，也沒有說謊。

一個普通的女高中生不可能把角色演得這麼逼真。

如果這是演技，那就是奧斯卡等級的演技，而她也沒理由在這種地方表演給我看。

這女孩真的是——雙重人格者。

「……對了。」

就在這時，我突然想到一個遲來的疑問。

「妳剛才為什麼要隱瞞雙重人格的事？妳想故意假扮成秋玻對吧？」

問題說出口後——我才發現自己搞砸了。

仔細想想，體內有不同人格是相當敏感的事。

她會想隱瞞也是理所當然，或許我不該白目地問這個問題……

「啊～～這個嘛……」

可是，春珂意外地一臉無所謂的樣子。

「理由有很多，像是避免嚇到身邊的人之類的……」

「嗯。」

「不過，最重要的理由應該是——」

說完，她略顯為難地笑了笑。

「——因為我想做『一貫的我』吧。」

「……『一貫的我』？」

這個我好像在哪裡聽過的詞彙讓我的心臟猛然一跳。

「嗯……那個，我其實應該是一個人才對吧？只有一副身軀與一顆心，那才是原本該有的樣子啊……然而，我有好幾種面貌與個性……我覺得這樣還是有點不好……」

「……或許妳說的對。」

「所以，為了讓我變回原本該有的樣貌，讓一副身軀裡只有一顆心，我才會想盡可能把自己變成秋玻……」

「只要妳像這樣扮演秋玻……讓自己變得更接近主人格，妳們總有一天就能合而為一是嗎？」

「……好像是這樣。」

稍微停頓一下後，春珂露出彷彿考試不及格的表情點了點頭。

「所以我得加油才行……」

「這樣啊……」

在出聲附和的同時……我發現自己對春珂的想法有所共鳴。

——我們兩人或許很像。

不想分別使用好幾張面具，而是希望做一貫的自己。

無論在任何時候都不想扭曲自我。

或許春珂就是懷著跟我一樣的想法度日……

這麼一想——心中就突然對眼前的春珂湧出好感。

「我懂。」

我自然而然揚起嘴角。

「我也經常在別人面前偽裝自己……當然，這跟雙重人格比起來不算什麼，我現在也沒有偽裝自己。不過如果可以，我希望自己可以不要這樣偽裝自己，所以我很明白妳的心情。」

「哦～～原來是這樣啊……」

春珂露出傻笑。

「那我們就是同伴了呢。」

——同伴。

在這所學校，這間教室裡。

有個跟我懷有同樣願望的同伴。

這麼一想——我的心情就突然變輕鬆了。

感覺像是在獨自面對的戰鬥中有了同伴一樣。

「……我會為妳加油的。」

說這句話的語氣也自然熱血了起來。

「希望妳能順利與秋玻合而為一。」

「……謝謝你。」

春珂微微一笑，讓表情變得更柔和。

「光是能聽到你這麼說，我就非常開心了。我也會替你加油。」

然後她保持笑容，困擾地皺起眉頭——說出這句話。

「——所以，雙重人格的事……要替我保密喔。」

＊

我曾經有過那種自己遠比別人低劣的感覺。

例如這種太直的髮質。我的頭髮是遺傳自母親的黑色直髮，要是放著不管，頭髮就會從髮根筆直垂下，完全不會彎曲。

光是聽到這裡，可能會覺得「這樣下雨天就不用麻煩了」。事實上，髮質較軟的須藤等人就曾對此感到嫉妒，說出「你那髮質是怎麼回事！那是美少女專屬的髮質吧！快點跟我交換！」這種話。

可是，這種髮質其實並沒有那麼好。只要頭髮稍微留長，就會整個塌下來，變成小學生那種娃娃頭。要是把頭髮剪短，又會變成從頭皮筆直豎起，根本無從補救。不光是雨天，就連晴天和陰天，這種髮質都讓我傷透腦筋。聽到這些缺點，捲髮的人還會想變成這種髮質嗎？

……總之，我心中懷有許多類似這樣的自卑情結。

其中最令我在意的，就是「東西都壞得很快」這點。

不管是制服也好，運動鞋也好，文具也好，全都損耗得很快。

我的用法明明很正常，所有東西的耗損速度卻都比別人快上一倍。

須藤還曾經對我說過「這難道不是因為你的生存方式太隨便了嗎？」這種話，讓我發自內心大受打擊。

因此——

「——早安。」

當秋玻在校舍門口向我打招呼時……

我發現自己拿著破破爛爛的室內拖鞋，覺得非常難為情。

「早、早……早安……」

回話的同時，我暗自感到坐立不安。

她、她果然發現了我的拖鞋很髒吧……

話說，明明才入學一年，為什麼我的拖鞋就已經快壞掉了啊？

鞋底的軟墊幾乎完全剝落，未免太矬了吧……

「春珂已經把事情告訴我了。」

無視我內心的焦慮，秋玻動作流暢地換鞋子。

「結果第一天就事跡敗露了。不過，我早就猜到會這樣。」

她輕易說出那件事，讓我有些驚訝。

可是，秋玻的語氣就跟在閒話家常時沒有兩樣。

雖然周圍還有其他學生，但具體的關鍵字並沒有出現，應該沒人會認為這是跟「雙重人格」有關的話題。

「……總覺得很抱歉。」

我用閒聊的語氣對秋玻這麼說。

「其實我並不打算刺探那些事情，只是自然而然就……」

「嗯，我知道。因為我很清楚春珂是怎麼樣的女孩。」

秋玻的口氣聽起來就像姊姊在談論妹妹。

畢竟她們個性差那麼多，對這女孩來說，比起另一個人格，春珂或許更像妹妹吧。

「打從一開始我就覺得那種事應該有點難，也覺得無法一直隱瞞下去。不過，我沒想到竟然會第一天就露餡了。」

說完，秋玻微微一笑。

那種突如其來的表情讓我胸口感到一陣痛楚。

仔細想想，一大早就能像這樣跟單戀的對象說話，我算是相當幸運了。

而且說的還是不能被別人知道的祕密……

然後，像是要對我的心趁勝追擊一樣——

「幸好是被你發現。」

「……咦？」

「第一個發現的人是你，真是太好了。」

「……為什麼？」

「因為你不會大聲張揚吧？這點我還信得過你。」

「……是嗎？」

我冷冷回答……心裡其實高興得要死。

——幸好是被你發現。

——我還信得過你。

我應該可以認為這些是正面的評價吧。

真要說的話，或許秋玻對我的印象還算不錯……

嘴角忍不住上揚。

前往教室的沉重步伐也變得輕快。

只不過——

「所以，春珂應該也說過了，我希望你別把這件事告訴別人。」

「啊，嗯，這我當然知道。」

「謝謝。我知道這是任性的要求，但春珂堅持要這麼做……」

她接著說出口的這番話也讓我覺得有點不對勁。

——春珂堅持要這麼做。

這口氣聽起來像是她並不想這麼做一樣。

也就是說，想隱瞞她們是雙重人格者的人只有春珂——

那——秋玻又是怎麼想的呢？

難道她覺得就算不隱瞞也無所謂嗎？

難道她覺得就算自己繼續當個雙重人格者也行嗎？

然而，在我說出這些疑惑之前——

「那春珂就拜託你了。」

我們抵達了二年四班的教室門口。

秋玻再次微微一笑後，走向自己的座位。

我目送她的背影——同時發現自己想更加了解她。

我想進一步了解秋玻。

想知道她們兩人的想法——

＊

然而開始上課後，我就沒辦法悠閒地思考了。

因為在我看來——她實在太過笨拙。

春珂對「雙重人格」的掩飾做得非常糟糕。

——在換教室的途中弄掉鉛筆盒，讓裡面的文具掉了一地。

——班上同學突然搭話時，用原本的語氣回答人家：「……咦！幹、幹嘛？」

——甚至是在人格剛交換時，露出「咦？這裡是哪裡……？」的表情東張西望。

我早就大概猜到情況會是這樣。

春珂的個性那麼糊塗，演技肯定也是破綻百出。

然而，她實際的演技遠比我想的還要糟糕，連我這個旁觀者都能明顯看出破綻。

當然，應該不會有人只因為這樣就懷疑她是雙重人格者。

頂多會覺得「水瀨同學看似精明，也許有些笨拙」，把她當成一個「怪咖女孩」。

可是午休時——

「那麼，體驗入社的事就請妳考慮一下吧。我不會勉強妳的。」

面對邀請她加入社團的手工藝社社員——

「嗯……我會跟秋玻商量看看。」

春珂居然如此回答——讓我下定了決心。

因為這種蹩腳演技光是看著就會讓人折壽。

我看得心驚膽顫，背上冷汗直流。

既然如此，我乾脆——

「……那個……」

手工藝社社員一臉困惑地離開後，我下定決心向春珂搭話。

偽裝成秋玻的春珂用很假的演技，面無表情地仰望著我。

「……有、有事嗎？」

「放學後，我有些話想對妳說——」

＊

「——我擅自把這個地方稱作社辦。」

「哦～～……」

「聽說這裡以前是文藝社的社辦，可是，現在只是間空教室，而且備鑰又隨便藏在門框上面……所以當我想獨處的時候，偶爾會跑來這裡。」

「這樣啊……」

春珂一邊回應我，一邊在狹窄的社辦裡走來走去。

她興致盎然地觀察備品，還不時伸手觸摸。

也許是因為不常來到這種地方，她的表情看起來有些緊張。

……不過，這也無可奈何吧。

我一邊環視周圍一邊苦笑。

這間社辦確實有些古怪。

在春珂眼前那個布滿灰塵的書架上，塞滿了看似只要碰觸就會散開的舊書，有文豪全集，有百科全書，還有不知多久以前的文藝雜誌。其中還夾著一本大約二十年前的褪色寫真雜誌，八成是當時社員留下來的東西吧。

留在這裡的三組桌椅跟教室裡的不一樣，都是舊型的。

桌椅表面還刻著某人名字的英文縮寫、粗鄙的圖案，還有H13.10.29這個日期。

除此之外，社辦裡充滿了還存在著蘇聯的地球儀、有缺損的鳥類標本、貼著會浮現出小灰人的雷射貼紙的收錄音機之類的東西……這地方說好聽點是祕密基地，說難聽就是廢棄物倉庫。

突然被帶到這種地方，她當然會嚇到吧，搞不好還會懷疑我有什麼奇怪的企圖。

可是，如果要說重要的事情，學校裡沒有比這裡更好的地方了。

「……我順便問一下。」

我詢問從書架上拿出書本亂翻的春珂。

被隔著窗簾透進來的陽光染成蜂蜜色的她轉過頭來。

「妳還有一段時間都會是春珂吧？」

「嗯，沒錯。呃……這次應該會到十六點五十四分左右吧……」

她從制服口袋裡拿出智慧型手機，用手指在螢幕上滑動並且如此回答。原來如此，她們就是用這種方法確認人格對調的時間吧。

「是嗎？有這麼多時間應該夠了……」

「……那、那個！」

春珂突然緊張得叫了出來。

「為、為什麼突然……把我帶來這裡……？你要說的話又是什麼……？」

「……噢，關於這件事嘛。」

我在附近的椅子上坐下，切入正題。

同時搔了搔臉頰，掩飾湧上心頭的羞怯。

「……那個……如果妳不介意，呃……」

我對春珂說出連自己都覺得反常的提議。

「……可以讓我幫忙嗎？」

「……幫忙？」

「嗯。我想幫妳……隱瞞雙重人格的事情……」

——在說出這些話的同時，心跳也慢慢變快。

我到底……為什麼要這麼多管閒事啊？

居然想插手管人家的私事，還說什麼要幫忙……

可是，我覺得自己無論如何——都不能放著她不管。

因為在我眼中，她的身影跟苦惱於偽裝自己的我重疊了。

我無法旁觀春珂像那樣不斷失敗。

「……唔、呼～～……」

總算不再緊張的春珂鬆了口氣。

把《安部公房全集　第三集》緊緊抱在胸前的雙手也逐漸放鬆。

「這、這樣啊，幫忙……原來這就是你要說的話……我還以為自己要被你罵了……呃，咦咦咦！」

她的身體一瞬間又緊張了起來。

「咦，為、為什麼……？你為什麼突然想這麼做……？我覺得這對你來說只是個麻煩……」

「嗯……不過我不在意。畢竟我只是做自己想做的事。妳不是說過，我們兩個是同伴嗎？所以……我不能放著妳不管。」

這麼噁心的台詞，連我自己聽了都快要臉紅。

當著對方的面說我們是同伴，感覺就像三流連續劇的劇情。

可是，這是我的真心話。

我們昨天放學後的對話——真的讓我相當開心。

「……而且要是這樣下去，我覺得很多事情遲早都會曝光。」

我難為情地如此補充。也許她也有自覺。

春珂把書放回書架，坐在一旁的椅子上，嘆了口氣。

「……我想也是。我自認已經很努力了，但還是不太順利……」

「這也是理所當然吧……」

比如說，我扮演的那些角色只不過是「把我原本性格的部分元素誇張化的結果」。不管是那些玩笑話還是討好老師的行為，都不是我完全沒有的性格元素。因此，我才能演得很自然，不會有人覺得奇怪。

然而，春珂與秋玻的性格可說完全相反。

如果是要扮演毫無共通點的人，我想應該相當困難。

「當然，我能幫的忙應該不多，不過我覺得還是能幫妳避開致命的失誤，也能以旁人的角度給妳一些意見。所以……如果可以，我想在力所能及的範圍內幫助妳。」

「這樣啊……」

春珂垂下眼，開始小聲地自言自語。

看來她似乎不太能下定決心。

「那個……要是覺得有一絲不妥，妳大可拒絕。連我都覺得自己很多管閒事……」

「啊，不會！我不是那個意思！」

春珂猛然抬起頭，像落水狗一樣使勁甩頭。

「我其實……是想請你幫忙的。要是你能幫忙，我真的會非常感激。可是……我還是會覺得不太好意思，不知該如何答謝你……」

「不，我不需要什麼答謝。因為這是我自己想做的事。」

「那可不行。所以，矢野同學，你有什麼困擾嗎？如果有我幫得上忙的地方……」

「妳可以……幫我做的事情啊……」

春珂一臉認真地看著我。

跟秋玻一模一樣的那張臉……讓我的腦海中有一瞬間閃過邪念。

長得跟自己喜歡的女孩一模一樣的女生說「願意幫我」，讓我很難不去想到「那方面的事」。在自制力起作用或是感到自我厭惡之前，妄想已經擅自蔓延開來。

「……啊！難不成……」

春珂似乎想到了什麼，突然叫了出來。

然後，她對心頭一驚的我說：

「──你現在……是不是覺得拜託我幫忙讓人放不下心！」

「……咦？」

「你不想拜託我這個靠不住的傢伙幫忙對吧！全都寫在你臉上了！」

「……哈哈，被妳發現了嗎？」

「哼～～！」

因為誤會而生氣的春珂讓我忍不住笑了出來。

不好的念頭煙消雲散，社辦裡的嚴肅氣氛也和緩了些。

太好了。這女孩毫無防備的個性，這次或許拯救了我……

「……不過，這確實是個問題。我能幫的忙好像不多……啊，要不然我請你吃飯如何？可是，我也沒那麼有錢……要我幫你解決煩惱……好像也不可能，畢竟我連自己的煩惱都解決不了……」

就在這時——

春珂突然露出靈光一現的表情。

「——啊，戀愛諮詢！」

她的表情豁然開朗——還說出這種話。

「矢野同學，你現在有喜歡的人嗎？」

「咦？喜、喜歡的人……？」

「是啊，就是單戀的對象。不管是班上同學、同年級的學生，還是社團夥伴……我讀過許多戀愛漫畫，應該可以做你的戀愛諮詢師！」

——我不由得愣住了。

我沒想到——事情會變成這樣。

沒想到我單戀對象的另一個人格……居然會問我喜歡的人是誰。

「欸，可以告訴我嗎？你有沒有喜歡的人？」

「……這、這個嘛……」

「到底有沒有？」

「……有、有是有啦。」

「咦？是誰？是班上同學嗎？是我認識的人嗎？」

「……」

我無法回答，只能手足無措。

為什麼春珂會這麼興奮……？

是因為能答謝我，讓她很高興嗎？還是說，她原本就喜歡這種話題……？

「……嗯？你怎麼了？」

春珂說完，整個人靠了過來。

從她頭髮散發出香甜氣息——跟秋玻有著同樣的味道，讓我身體反射性抖了一下。

「……你看起來怎麼那麼害羞？」

「呃，這是因為……」

「難道說你身體不舒服……？」

「不是這樣的……要是妳靠太近……」

「要是我靠太近……會怎麼樣？」

——水晶般的眼珠子近在眼前。

——淡桃色的嘴唇；從領口露出的鎖骨。

——讓制服外套胸前隆起的小丘；從裙底伸出的白腿。

與秋玻共用的身軀——

——就在這時。

春珂的動作突然停了下來。

然後——她露出訝異的表情。

彷彿有某種驚人的預感。

「……難不成是——秋玻？」

她緩緩說出那個名字。

「矢野同學……你喜歡秋玻對吧？」

——我已經無法偽裝自己，也無法演戲了。

腦袋幾乎停止運轉，甚至掩飾的話語都說不出來。

連我都知道自己的臉越來越紅。

「咦?真的嗎……?」

春珂一臉傻眼地探頭看向我。

「……你真的喜歡秋玻?」

……我該怎麼做?

要是告訴這女孩我喜歡秋玻,事情會變成怎樣?

她會覺得我噁心嗎?我跟春珂會不會無法繼續當同伴?

我是不是應該設法隱瞞……?

可是,我好像已經來不及掩蓋事實,也來不及說謊騙她。

看來只能做好覺悟了——

「……沒錯。」

在自覺聲音變得有些嘶啞的同時,我如此承認。

「我喜歡的人……就是秋玻。」

「……這樣啊?」

春珂把身體拉向後方,整個人靠在椅背上,像在說夢話般小聲呢喃。

「矢野同學喜歡秋玻……」

……結果會是如何?

她會覺得反感嗎？會拒絕我嗎？

為了讓自己無論遭受何種對待都不會沮喪，我在心中做好承受打擊的準備——下一瞬間……

「唔哇……唔哇，原來是這樣啊！」

——白色的臉頰染成桃紅色，春珂莫名興奮地叫了出來。

「雖然秋玻好像從以前就很受歡迎，可是……原來矢野同學喜歡秋玻……！哇～真沒想到會是我身邊的人耶……！」

她的反應出乎我的預期。

那種天真無邪的反應，簡直像在跟普通朋友談論戀情——

然後她把椅子拉了過來，面露喜色地探頭看向我。

「對、對了，那是什麼時候的事……？你跟她應該沒見過那麼多次面吧……？」

她發動問題攻勢了。

「咦？呃……就是開學典禮那一天，我們早上偶然遇到的時候……」

「那就幾乎算是一見鍾情吧……！你喜歡她哪一點呢？」

「……這、這個非說不可嗎？」

「有什麼關係，告訴我嘛～～當然，我不會告訴秋玻的……」

「那、那個……大概是她那種貫徹自我的地方吧……」

「啊～～畢竟那孩子超級有個性呢！……嗯？話說……」

就在這時，春珂突然露出恍然大悟的表情。

「難不成……你說要幫我，其實是為了追她嗎！」

「不是的！我……也不能說完全沒有那方面的期待就是了……」

我猛然否認，但話才說到一半，口氣就軟了下來。

「我確實想過幫妳或許能讓我跟秋玻在一起的時間變多……」

如果說我對此毫無期待，那是騙人的。

向春珂搭話時，我便擅自懷有些許期待。

想著說不定能以此為契機，拉近我跟秋玻之間的距離。

甚至就此成為她特別的人。

「可是，我覺得無法放著妳不管也是事實！這是最重要的理由……關於這點，請妳相信我。」

「……嗯，我相信你。」

春珂點點頭，像是惡作劇成功的孩子笑了出來。

「其實我知道你是真的在為我擔心。對不起，我捉弄了你。」

「……什麼嘛，害我還著急了一下。」

「真的對不起。可是……嗯，我會支持你的戀情。」

說完，她的表情首次顯露出自信——

「——如果對象是秋玻，我肯定能做得比任何人都好。」

「……嗯，謝謝妳。」

我發自內心感到踏實多了。

畢竟春珂就是秋玻本人。

世界上應該找不到比她更可靠的戀愛諮詢師了吧。

「所以，很抱歉，雖然順序反過來了，可是——」

然後春珂先是丟出這句話，接著向我深深低下頭。

「我希望你也能幫我的忙……」

「……嗯，交給我吧。」

就在這時——有人敲了敲社辦的門。

「矢野同學，你在裡面嗎～～？」

門打開來，千代田老師探頭看過來。

她是千代田百瀨老師，是我去年就認識的嬌小女老師。

年齡二十七歲。她有著端整的五官與成熟的舉止，跟嬌小身軀之間的反差，讓她受到部分男生的熱情追捧。

她似乎也負責管理這間房間，還用她身為管理者的權限對不時跑來這裡消磨時間的我睜一隻眼閉一隻眼。

然而——這還真是稀罕。

沒想到做事向來慎重的她會敲完門就直接開門，不等裡面的人回應……

然後——

「……咦？啊，水瀨同學……對、對不起，你們正在忙嗎……？」

她發現裡頭不只有我，還有春珂，顯然慌了手腳。

「那個，雖然同學之間增進交情是好事，可是……也要有限度喔。」

「妳誤會了！事情不是妳想的那樣！」

我發現老師對我們有著天大的誤會，整個人從椅子上跳起來。

「那個……我們只是在聊天而已……！」

——即使我如此解釋，也無法說出真相。

結果，我花了十五分鐘左右才消除千代田老師的誤會——

＊

離開校舍後，太陽已經在不知不覺間大幅靠向西方。

人行道上充斥著放學回家的國中生、外出採買的餐飲店店員，還有正在打電話的上班族。

過胖的米克斯犬在我眼前心不甘情不願地被飼主拉著走。

在美食網站上名列前茅的拉麵店門口早已開始大排長龍。

——現在時間過下午四點。

這個城鎮就位在總武線旁邊，即使是在這種不早不晚的時間，人潮也不會退去。

再過不到三十分鐘，春珂與秋玻就會人格對調。

「……呵呵呵。」

身旁的春珂突然小聲偷笑。

「……怎麼了啊？」

「啊……沒有啦，像這樣一起回家……就覺得我們好像朋友一樣。」

說完，春珂羞怯地笑了笑。

「在來到這裡之前，我們一直待在醫療機構，沒有半個朋友。在那之前，我們在學校也格格不入，交不到任何朋友。所以，我還是頭一次做這種事……總覺得很有交到朋友的感覺……」

聽完這些話……我才第一次想到秋玻與春珂的過往。

也是，既然是雙重人格者，她們過去的生活肯定跟我大不相同。所以，她們或許是第一次過著「正常的校園生活」。

「……應該說，我們就是朋友啊。」

我斜眼看著咖啡廳前面的黑板換成晚餐菜單，如此說道。

「……咦？」

「不是好像，我已經把妳……當朋友了。」

我們懷有同樣的想法，想當個一貫的人。

還約好要互相幫助。

我們毫無疑問已經是朋友了。

當然，換作其他人，我應該打死都不會說出這種話。

然而——如果是春珂……

我想把這件事清楚告訴身旁的女孩。

然後——我一輩子都忘不了春珂在那瞬間出現的變化。

有一瞬間，春珂像是聽到有人用外語向她搭話一樣，整個人愣住了。

——接著臉上綻放出笑容。

看似柔軟的臉頰微微揚起，烏溜溜的眼睛閃閃發亮。

甚至連肌膚都亮了起來——那笑容看起來就是如此幸福。

「這樣啊……原來這就是朋友啊。」

「沒錯，這就是朋友。」

「我好開心……我還是頭一次這麼感動……」

「那就好……」

我難為情地搔搔臉頰。

我移開視線，正好看到兩個小學生像在互相追逐一樣跑進公園。

「對了！」

她似乎想到了什麼，突然叫了出來。

「如果你不介意……我們要不要來交換日記！」

「……啥！交換日記？」

「我在漫畫裡看過，一直很嚮往這種事！我想跟秋玻還有好朋友一起交換日記！」

「啊～～是那種事啊。可是，我覺得現在已經沒什麼人在做那種事了耶……」

「咦？你、你不願意嗎……？」

春珂露出淋雨的小狗般的表情，歪著頭這麼說。

「……秋玻也會一起寫，我覺得肯定會很有趣……」

老實說，我覺得很麻煩。

讀小學的時候，我總是在最後一天一次寫完暑假作業的日記。

對於在社群網站上記錄今天的點點滴滴，我也毫無興趣。

雖然我喜歡閱讀文章，卻不擅長自己寫文章。

只不過……正如春珂所說，能跟秋玻交換日記這點對我相當有吸引力。

可以定期看那女孩寫的文章，藉此得知她的想法。

確實光是用想的就讓我興奮不已。

更重要的是……

「你覺得如何……？」

被朋友用那種表情哀求，我實在無法拒絕。

「……好吧。」

我撥開頭髮，笑著對春珂這麼說。

「那我們就來交換日記吧。」

——我一輩子都忘不了的表情又多了一個。

第二章
Chapter.2

聆聽泡沫之歌

Bizarre Love Triangle

三角的距離無限趨近零

——我真的很感謝你。

秋玻用聽不太出謝意的聲音如此說道。

不過，這就是這女孩最自然的模樣吧。

我想這句話應該不是謊言——

「你能跟春珂打好關係，我也很開心。真的很感謝你。」

「……妳不需要為此道謝，我只是做自己想做的事罷了。啊，妳要加牛奶嗎？」

「不，不用了，我就這樣直接喝。那個……你光是能對春珂懷有這種想法，我就很感激了。那種想法無關乎義務和正義感，所以才有價值……哇，這咖啡真好喝。」

「對吧？我放學後也偶爾會來這裡報到。」

像是要附和我，店內某處的古董鐘發出鐘聲。

——現在是早上八點，離上學還有一段時間。

在學校附近這間有點年代，但待起來很舒適的咖啡廳裡，坐著身穿套裝的女性、頭髮亂翹的青年，還有我們兩個，一共四位客人。

也許是店長的興趣，店裡到處擺著各式各樣的古董鐘。我大致看了一圈，指著正確時間的時鐘似乎連一個都沒有。

至於店長本人則是坐在櫃檯後面，穿著跟那些時鐘一樣老舊的皺巴巴的襯衫，茫然地看著早報。

「那麼……我們來講正事吧。」

秋玻把杯子擺在桌上，看了過來。

「春珂拜託過我，希望我再次對你說明詳細情況。」

「噢，是這樣啊……」

「畢竟她確實有可能沒說到某些事情。所以，可能會提到你已經知道的事，但我還是要再次向你說明我們的狀況——」

水瀨：『晚安，我是秋玻。我有話想告訴你，明天早上可以撥出一點時間嗎？』

當我昨天晚上透過Line收到這樣的訊息時，還緊張地以為會是什麼大事。

難不成……她會生氣地叫我別多管閒事？

還是會叫我別多干涉，拒絕我的幫助……

可是，嗯，我現在懂了。

這一切都是春珂的安排。

她八成是想讓我跟秋玻有機會獨處吧。

正當我暗自感謝春珂時，秋玻開始說明。

「我想春珂也告訴過你，我們的人格能出現的時間目前是『一百三十一分鐘』。」

因為跟單戀的女孩面對面交談而心跳加速，同時我努力把那些話記在腦子裡。

「雖然能看完《山椒大夫》，但想看完《西鶴一代女》就有點難度了。」

「原來如此，一百三十一分鐘……我記得這時間每天都可能改變是嗎？」

「沒錯，時間長短會受到我們的身體狀況和各種因素的影響。然後，我們無法共享彼此的經歷與記憶。我不知道春珂經歷了哪些事情，反之亦然。所以，我和春珂每天都會把自己的經歷記錄在這支手機，盡可能共享彼此的記憶。」

說完，秋玻亮出右手拿著的智慧型手機。

「基本上，我們每天都會在一天結束時把當天發生的事情記錄下來，至於跟班上同學之間的對話，或是老師交代的事情之類的急事，則會記錄在專用檔案中，每次人格對調時都會進行確認。」

「還真是……挺麻煩的。」

「是啊。而且春珂經常忘記把某些事情寫上去，也經常忘記確認情報，所以我們或許真的該想想其他辦法了。」

在說出這些話的同時，秋玻的臉頰微微上揚。

看來秋玻並不討厭春珂這種有些笨拙的地方。

的確，那女孩的這種缺點實在讓人無法討厭。

「至於人格對調的瞬間會發生什麼事……就是你前天早上看到的那樣。你還記得當時發生的事情嗎？」

「嗯。我不曉得妳到底怎麼了，有點被妳嚇到……」

「沒錯。我當時的表情是不是很奇怪？只要被別人看到我們人格對調時的表情，春珂就會生氣……」

「啊，這點妳大可放心，就只是表情有點奇怪罷了。」

「那就好。」

像是要配合鬆了口氣的秋玻，鴿子從我們座位附近的古董鐘跳了出來。鴿子咕咕叫了四聲就回到時鐘裡面，但其實現在的時間已經超過八點了。

「然後……這就是那本交換日記。」

說完，秋玻從書包裡拿出一本筆記本交給我。

「那孩子很喜歡這種少女情懷的東西……不過，你願意陪她一起寫真是太好了。」

「嗯……」

我接過筆記本……暗自發出讚嘆。

那是本相當花俏的筆記本。

上面畫著格線，到處都充滿著小熊吉祥物……我還以為會用這種筆記本的人，頂多只到國中生為止。

打開筆記本一看，發現秋玻與春珂已經寫好昨天的日記。

4月10日（二）　春珂

今天是值得紀念的日子。

班上的矢野同學決定幫我隱瞞雙重人格的事情！

我好高興～～！太棒了～～！

而且他還說我們是朋友……（淚）

我得好好加油，不能給他添麻煩……

然後，我們決定開始寫這本交換日記，所以我要先自我介紹一下。

我叫水瀨春珂。年齡是……十六歲？我是在秋玻九歲時誕生的，所以應該算是七歲才對吧？

喜歡的東西是漫畫，討厭的東西是蟲子和運動——

四月十日星期二　秋玻

我收到之前訂購的摩爾沃頓的唱片了。

雖然我已經有這張《Left Alone》的CD，但我還是想在錄製時預設的媒體聽自己喜歡的作品。

此外，我也很喜歡這張專輯的封套設計。

我決定把它放在櫃子上面，擺在柯川的《Blue Train》和蓋茲的《West Coast Jazz》之間。

最後，我是因為春珂的邀請才開始寫交換日記，到底該寫些什麼才好呢——

——這種感覺其實還不錯。

在看日記的同時，我腦海中浮現這樣的感想。

——每天看這些內容，或許是件讓人有些高興的事。

在此之前，我從不曾對朋友寫在社群網站上的日記感興趣。就算覺得他們把一些無關緊要的小事寫得誇大，也不曾對那些內容感到興奮激動。

而春珂與秋玻寫的日記，只就內容來看也跟那些社群網站上的日記差不多。反倒是因為沒有透過網站公開到全世界這樣的壓力，這些內容可能比那些社群網站上的日記還要空洞。

即使如此，寫在這本筆記本上的潦草文字，以及有如範本的工整文字，依然莫名吸引我的目光。

難道這是——因為我喜歡秋玻嗎？

是因為我把春珂當成重要的朋友嗎？

「……話說回來……」

聽到秋玻的聲音，我將視線從筆記本上移開，抬頭一看……然後嚇了一跳。

「矢野同學……這樣真的好嗎？」

說出這句話的秋玻臉上寫著緊張與迷惘。

我還是頭一次看到這女孩露出這樣的表情。

「……妳指的是哪件事？」

「就是……你跟春珂變得要好這件事。」

「……什麼意思？」

我聽不懂她的意思。

難道我跟春珂變成朋友會造成什麼問題嗎？

這其中有什麼讓她在意的事情嗎？

「因為，呃，這可能會對你造成困擾……不，是肯定會對你造成困擾。我覺得這對你沒有好處，說不定你還會為此受傷或是感到難過……」

「……會嗎？」

「會……」

「為什麼？」

「……這個嘛……」

然後她將視線移到自己腿上。

「……因為春珂她……那個……」

……怎麼回事？秋玻到底想說什麼？

到底是什麼事讓她這麼擔心？

就在這時，口袋裡的智慧型手機震動了。

我確認秋玻依然垂著眼，然後看向手機螢幕——有一通Line訊息傳到我跟幾個朋友組成的群組。

伊津佳：『【快報】矢野同學與水瀨同學一大早就在喝雙人咖啡。』

——我趕緊抬起頭。

環視店裡——沒人。

既然如此，那就是在店外了——

我從座位旁邊的窗戶看向街上——然後找到了。

在小路口的對面，有一位身材嬌小的少女躲在電線桿後，賊笑著往這裡偷看。

那是我們班上的須藤伊津佳。

雖然她可能以為自己躲起來了，但那雙馬尾一直跳個不停，暴露了她的存在，臉也只藏起來一半。

話說，修司不就站在她旁邊苦笑嗎？而且一點都不打算躲起來。既然你也在場，拜託阻止她一下啦……

「……怎麼了？」

秋玻在不知不覺間抬起頭，一臉狐疑地看著我。

「呃，就是……我收到了這種訊息。」

剛才的話題就暫時擺到後面吧。

我說著把智慧型手機遞給秋玻。

「『伊津佳』……她是你朋友嗎？」

「嗯，沒錯。話說，她就是跟我們同班的須藤。妳看，那傢伙現在就躲在那根電線桿後面……」

「噢，就是那女孩啊……旁邊那個人又是誰？」

「他是廣尾修司。那傢伙也是我們班的，是我朋友……」

在我們交談的同時，我手中的智慧型手機也沒停止震動，不斷通知我收到新訊息。

我看向螢幕。

湯米：『喂喂喂，真的假的啊！』

SHIZUKU：『什麼！他們在交往嗎！』

伊津佳：『說不定喔！』

伊津佳：『他們看起來超級親密的。』

伊津佳：『（小狗笑開懷的貼圖）』

SHIZUKU：『要是沒有實際交往，就不會兩人早上一起去喝咖啡了吧。』

湯米：『確實如此。』

四季：『才不是這樣！』

四季：『你們這些笨蛋！我們只是在上學途中恰巧碰到，才會順道過來喝咖啡！』

伊津佳：『哇！本人出現了！』

「……你們在說什麼？」

正當我迅速輸入訊息時，秋玻把身體探了過來。

「我也想看。」

——她的臉來到離我非常近的地方。

洗髮精的香氣搔弄著鼻腔，水嫩雙脣近在眼前。

雖然有一瞬間無法呼吸……我還是故作平靜地把智慧型手機轉動九十度，讓我們兩人能一起看向螢幕。

「那個……這些對話都是些無聊的胡說八道，他們只是在開玩笑，妳千萬不要放在心上……」

「嗯。」

秋玻露出認真的表情，像小孩子一樣點了頭。

伊津佳：『是說，他們肩並肩了耶！』
湯米：『真的假的！』
湯米：『矢野同學！聽說你跟水瀨同學已經約定終身了，這是真的嗎！』
SHIZUKU：『你們打算什麼時候去登記！』
四季：『你們是小學生嗎！』
四季：『我只是讓她看手機螢幕而已啦！』
修司：『恭喜兩位，記得發喜帖給我。』
伊津佳：『新娘捧花要往我這邊丟喔。』
四季：『沒問題，那紅包就一人包十萬吧！』
四季：『呃，你們說誰是新郎新娘啊！』

這些傢伙還真是喜歡八卦……

雖然這次是以我為話題在胡鬧，但其實對象不管是誰都好。他們只是想盡量開心地度過讓人心情沉悶的早晨時光。

……老實說，我自己也很開心。

能跟心儀的對象傳出緋聞，絕對不是令人討厭的事情……

「……呵呵。」

秋玻突然笑了出來。

「怎、怎麼了……？」

「沒有啦，我只是發現……」

正當我覺得自己的想法好像被她看穿，內心惶恐不安時，秋玻伸手掩住嘴巴，瞇起雙眼——

「你——在大家面前真的會完全變了個人，就像我跟春珂那樣，是個貨真價實的多重人格者呢。」

「……啊～～……」

——因為太過羞愧，我忍不住仰望天空。

頭頂上的時鐘正好來到十一點整，木雕小人開始隨著音樂舞動。

＊

「——哎呀～～今天早上真是嚇死我了～～」

須藤坐在我對面的座位上，一邊這麼說一邊把肉丸子放進嘴裡。

她又接著把第二顆放進嘴裡，跟松鼠一樣鼓起臉頰，同時說：

「因為我沒想到會撞見你們的祕密約會～還以為你們兩個暗地裡發展出戀愛關係，害我嚇了一大跳呢。」

「不可能會有那種事吧！」

我用筷子夾起花椰菜，用比原本高上兩度的聲音回答。

「我們才認識三天而已耶！我的手腳到底要多快才辦得到啊！要是我有那麼厲害，以前的戀愛戰果就會更輝煌了啦！」

「可是，我也覺得你們之間的氣氛還挺親密的。你會給人那種感覺實在很罕見。」

「哎……那純粹是因為當時是早上，地點又是在咖啡廳啊～」

即使修司提出犀利的看法，我也勉強想出還算合理的藉口。

「我實在提不起勁，就算提起勁了，在那種情況下也不能大聲喧嘩～我們真的只是偶然巧遇，自然而然聊起來而已。」

「我想也是～秋玻～對不起，我誤會妳了～」

跟對待我的態度完全相反，須藤一臉抱歉地把飲料遞給秋玻。

「我有些興奮過度了～這杯柳橙汁是給妳的賠禮，妳可以喝一口喔。」

——經過早上那件事之後……

因為須藤說：「我想跟水瀨同學一起吃飯！」我、須藤、修司和水瀨四個人便一起吃午餐。

自從去年同班後，我就偶爾會像這樣跟須藤與修司共進午餐。

個性活潑且身材嬌小，深受部分男生喜愛的須藤伊津佳，以及身材修長、個性沉穩，長得又帥，受許多女生愛慕的廣尾修司。

這兩個擅於交際的傢伙，似乎一直虎視眈眈地找尋接近秋波這個轉學生的機會。

他們這種開放的個性，每次都讓我感到佩服。

當然，他們應該也明白自己在別人眼中是什麼樣的人，以及大家希望他們是什麼樣的人。即使如此，他們的行動還是很自然。在我看來，也不會覺得他們討厭或虛偽。

因為這種個性，這兩個傢伙有許多朋友，最近似乎經常跟讀別班的兒時玩伴一起吃午餐。

「……對了，妳今天不用跟他們一起吃飯嗎？我記得是……一班的細野？妳不是說他跟女朋友之間發生了一些事情，沒辦法放著不管嗎？」

「啊～～那件事好像沒問題了！」

須藤一邊讓秋玻喝飲料一邊笑著這麼說。

「因為他們兩個只是裝冷淡，其實很恩愛。我決定不管他們，跟秋玻打好關係。」

「……這、這樣啊。」

秋玻放開嘴裡的吸管，緊張地點了點頭。

「那、那就請妳……手下留情了……」

她重新拿起叉子。

眼神還一直亂飄……這也難怪。

因為目前的表面人格其實不是秋玻，而是春珂。

我姑且把今天早上發生的事告訴她了，但突然被兩個「現充型」人物纏上，似乎讓她整個人退縮了。

看來馬上就需要我出面支援。她看起來太靠不住，對我這個旁觀者的心臟不好……

「秋玻參加的是哪個社團？」

須藤馬上開始對春珂發問。

「這間學校的社團活動還挺盛行的，妳有想參加的社團嗎？」

「啊，呃……我並沒有參加社團，今後也不想參加……」

「哦～～妳是回家社啊？那妳在家裡都在做什麼？讀書嗎？還是玩遊戲？」

「我也會讀書，可是……最近比較常聽唱片或是看電影吧……」

「哦，唱片嗎！」

聽到這個話題，修司難得大聲叫了出來。

他把在福利社買來的麵包吞進肚子後說：

「我最近也對這個有點興趣。可是，唱片機滿貴的吧？妳是怎麼弄到手的？」

原來這傢伙也對這種東西感興趣啊？說到聽唱片這種興趣，很容易給人在模仿村上春樹的感覺，但這話出自修司之口，完全不會讓人反感，反倒是潮度提升一個檔次，似乎會讓他更受歡迎。

可是……話題好像被帶到有些專業的方向了。

春珂有辦法好好應對嗎……

「那、那個……是爸爸買給我的。」

「真好，是生日禮物嗎？」

「不是，當時應該算是……出院禮物吧。」

「咦，出院禮物？水瀨同學……妳住院過嗎？」

「啊！這、這個嘛……就是……」

過不了多久，春珂的眼神就開始亂飄。

她支支吾吾，似乎不知道該怎麼說下去。

既然如此，她口中的「出院」應該就是她們因為雙重人格住院又出院時的事吧。

換句話說——輪到我出場了。

「……啊，難不成是因為那件事嗎？就是妳今天早上說過的盲腸手術。」

我趕緊捏造出這樣的謊言。

「妳去年不是因為盲腸開刀住院了一陣子嗎？妳還說妳父親是那種會過度保護孩子的人……不就是因為那件事嗎？」

「……就、就是因為這樣！」

春珂露出得救的表情，點頭如搗蒜。

「爸爸似乎很擔心我，就說什麼東西都可以買給我……！」

「原來如此，真令人羨慕。如果我家父母也是這種人就好了。」

春珂的真面目已經露出來，但這也無可奈何吧。

也許是因為專注在話題上，修司似乎沒注意到春珂性格的變化，光是他沒有追究就已經是萬幸了。

「我順便問一下，妳都聽哪種曲子？搖滾樂嗎？」

這個話題還沒結束嗎？

「我、我想想……我最近都聽萊諾．漢普頓的曲子……」

令人意外的是，春珂說出了有模有樣的答案。

說不定她有為了被問到這方面的問題時做過準備。

然而，她準備的答案很快就用盡了。

「原來如此，爵士樂啊……除此之外，妳還聽誰的唱片？」

「這、這個嘛……」

「……妳有比較喜歡的樂器還是編組嗎？」

「我……我喜歡的是……」

轉眼間，她再次陷入困境。

這下糟了。

我對爵士樂也是一竅不通。

這個話題我可沒辦法幫她蒙混過關……

然後，一段明顯不自然的沉默結束後，在旁人眼中也顯然亂了陣腳的春珂——終於脫口說出這句話。

「就、就是那個……那個……女神卡卡！」

「……？」

「我最近都聽女神卡卡的歌！」

之前一直很興奮的修司臉上浮現困惑的神色。

「那……不是爵士樂吧……？」

「咦！是這樣嗎……？」

春珂驚訝得睜大眼睛。

小姐，這種事連我都知道耶……

雖然她努力說出了自己認識的西洋歌手，但女神卡卡應該不是爵士樂手。所謂的爵士樂，應該是那種純樂器演奏……更有搖擺感跟節奏感的音樂。

春珂的嘴巴開開闔闔，似乎已經連聲音都發不出來了。

「……妳、妳說的是那個吧！」

既然這樣，不管是謊言還是什麼都好，我得趕快圓場……！

先大聲吸引眾人的注意力後，我讓腦袋全速運轉。

「……那個……女神卡卡很久以前曾經跟知名爵士樂手合作，不就是那個嗎！我記得好像在綜藝節目上看過！」

我當場編出這樣的謊言。

「沒、沒錯！就是那個！」

春珂露出發現救命蜘蛛絲的亡靈般的表情，配合我的說法說下去。

「我也看了那個節目，之後就一直在聽那首曲子……」

「哦～～原來還有那種曲子啊！真不愧是卡卡大人……」

因為我的胡扯，須藤對女神卡卡的好感度提升了。

然後──

「這確實很厲害……」

修司說出這種話，接著很自然地──操作起智慧型手機。

「到底是什麼樣的曲子啊……我找找看。」

……糟糕。

剛才那些話百分之百是我的胡扯。

我不曾聽說女神卡卡跟爵士樂手合作這種事，就算上網搜尋也不可能找到曲子。

我看向春珂，她已經連聲音都發不出，只能驚慌失措地眼神亂飄。

──然而……

「啊，找到了找到了。就是這個吧。」

修司──說出了這種話。

「哦～～真厲害，她竟然有跟東尼．班奈特合作過，我都不知道……」

「……咦？」

看向修司遞過來的智慧型手機──我確實在螢幕上看到壯年熟男與打扮時髦的女神

卡卡合唱的影片。

……騙人的吧？

沒想到女神卡卡真的有跟爵士樂手合作……

「……沒、沒錯沒錯，就是這個！」

儘管裝出早就知道的樣子，對於這出乎意料的偶然，我也無法壓抑內心的困惑。

「水瀨同學……妳說的曲子就是這個對吧！」

「對，沒錯，就、就是這個……！」

配合我胡扯的春珂也露出不明所以的表情。

不過，這也怪不得她吧。

誰會想到隨口胡扯的謊言竟然會成真……

就在我鬆了口氣時，坐在對面的春珂往我瞥了一眼。

然後像是在說「真的很抱歉……」般皺起眉頭，在不被須藤等人發現的情況下微微低下頭。

＊

——我跟春珂合作的第一天就這樣結束了。

我結束第一份重要工作，感覺就跟實習工匠一樣。

今天真是辛苦的一天。

我覺得自己彷彿流了半年份的冷汗，還用光了一年份的運氣。

不過相對地……這種危機應該也不會常常發生吧。

從明天開始，日子應該可以過得更安穩。

然後，萬一又發生什麼問題——應該也能利用這次的經驗順利克服。

我是這麼想的。

就結論來說——我完全想錯了。

＊

4月12日（四）　春珂

我今天不小心在課堂上打瞌睡了……

而且還是在跟秋玻對調的前一刻……

都是因為我昨天看貓咪影片看到很晚……真是對不起……

要是矢野同學沒有用Line叫醒我，天曉得會發生什麼事……

不過，因為那是千代田老師的課，我想應該不會被罵得太慘……

真的很感謝你。今後我會努力不打瞌睡的……

〉秋玻

筆盒上的汙漬是我的口水……

對不起，我弄髒了筆盒……

四月十二日（四）　秋玻

〉春珂

原來那是口水的痕跡啊。我洗過之後就消失了，妳不用放在心上。

然後，我總算知道矢野同學不斷發訊息的原因，心裡舒服多了。
因為我還以為發生了什麼事，有點被嚇到了。
今後我們就先用智慧型手機設好鬧鐘，在對調的五分鐘前叫人吧。

4月13日　矢野

我們又搞砸了。
聽說秋玻喜歡電影，隔壁班的電影狂石川跑來找她聊天，我們卻沒能好好應對。
我想秋玻應該被對方當成一日粉絲了。
不過，面對那種類型的專業粉絲，只聊哆啦A夢的電影也太尷尬了吧。
雖然那些電影確實都不錯，但聊些更有深度的作品應該比較好吧？

四月十三日（五）　秋玻

在第三節的體育課上排球課時，忍成老師驚訝地說：「水瀨同學，妳的表現跟昨天差很多耶。」

抱歉，我完全忘記春珂不擅長球類運動了。
下次開始，我會注意不要表現得太好。

4月13日（五）　春珂

＞矢野同學
對不起，剛好前一天晚上也看了哆啦A夢的電影，感動得哭了，所以只能想到這個話題……
你說要聊更有深度的電影，可以舉個例子嗎？蠟筆小新算不算？
難不成要聊真人版電影嗎……？

＞秋玻
那可不行！妳只要正常生活就行了！
我會想辦法配合妳的！
不光是體育，讀書也會加油！

*

「——這三天……還真是一場苦戰。」

「就是說啊……」

——星期五放學後。

我們在社辦召開檢討會，打從一開始就氣氛沉重。

「雖然我們勉強過關了，但幾乎都是因為運氣好……再這樣下去，事跡敗露應該只是時間問題吧。」

我趴在舊型桌上，說出至今為止的感想。

「我想也是……再這樣下去恐怕不太妙……」

春珂一臉疲憊地轉動上頭還有蘇聯存在的地球儀，在亞德里亞海附近嘆了口氣。

最近真是每天都很累人。

面對不斷造訪的危機，我們不是勉強過關就是過不了關。

我不但必須硬是帶過對話中的破綻，慌張地掩護快露出馬腳的春珂，還要用簡訊叫醒打瞌睡的她，每天都累得要死。而春珂也因為一連串的緊張局面而耗盡心力。

雖然雙重人格的事沒有曝光，但肯定已經有幾個人發現不對勁了。

「真的很抱歉，給你添麻煩了。我自己也想不到事情會這麼不順利……」

「不，我一點都不在意。畢竟妳確實替我製造了跟秋玻之間的交集……」

既然能待在春珂身旁，就表示跟秋玻在一起的時間也會增加。

我跟她在這三天內說過好幾次話，春珂也積極地為我製造機會。

最重要的是交換日記。能透過她親手寫下的文字得知她的日常生活與想法，讓我非常開心。雖然關係毫無進展，但我對春珂可說是感激不盡。

「所以，我希望妳的問題也能處理得更好。因為再這樣下去，氣氛好像會變得越來越奇怪。」

「謝謝。不過，我今後到底該怎麼做呢……」

春珂邊說邊玩地球儀，讓全世界都發生地震。

「我已經不知道該如何是好了……」

「……我覺得問題在於準備不夠充分。」

我挺起趴在桌上的身體，說出自己這幾天注意到的事情。

「如果要扮演秋玻，就必須深入了解秋玻的一切吧？當然，那些事妳應該比任何人都清楚，但我覺得可能還是有所不足。因為妳們兩個的喜好與興趣截然不同，如果要完美扮演這樣的對象，必須做非常大量的準備工作，徹底了解對方才行。」

「你說的有道理……」

春珂一臉佩服地點點頭。

「畢竟我經常遇到不曉得該如何反應才像秋玻的情況……」

就在這時，她露出靈光一現的表情。

「啊，那就……我們來辦讀書會如何？先把關於秋玻的情報重新整理到筆記本上，然後只要我們放學後一起用功，把那些情報背下來，或許就能更有自信地行動了……」

「……讀書會啊……」

實際說出這三個字後，我的心臟猛然一跳。

學習關於秋玻的事……

這確實是個很有吸引力的提議。我想更了解她。

「嗯……這或許是個好主意。我們就來辦讀書會看看吧。」

「真的嗎？太好了。」

春珂開心地點點頭。

然而，我心中突然閃過一絲不安。

「啊……可是，記得要事先取得秋玻的許可喔。」

「咦？為什麼？」

「因為那個，讓班上男生仔細了解自己的事，不是會讓人覺得很噁心嗎……」

雖說有正當理由，但我覺得讓一個不喜歡的異性調查自己的隱私，會讓人感到有些抗拒。

就連我這個男生都這麼想了，身為女生的秋玻應該更無法接受吧。

要是因為這個緣故被她討厭，我一定會後悔到不行。

我是想幫上春珂的忙，但還是希望能事先跟秋玻講好。

「……會嗎～～」

春珂露出不太能理解的表情。

「不過，我知道了，我會問她的。我想她肯定會若無其事地點頭同意。」

「那就麻煩妳了。至於讀書會的地點……要跟之前一樣在這裡辦嗎？」

「……我想想，雖然那樣也不錯……」

春珂露出若有所思的表情，再次轉動地球儀。

讓跟排球差不多大的地球儀轉動七圈左右之後，她把手指擺在吉爾吉斯附近。

「……啊，對了。」

「怎麼了？」

被我這麼一問，春珂有些得意地微微一笑。

「……我有一個提議。」

＊

——我不曉得原來單戀對象穿便服的模樣會讓我的心亂成這樣。

「不好意思，麻煩你在假日專程跑一趟。」

說出這句話的秋玻出現在車站前面，她的打扮讓我有好一陣子說不出話。

她穿著布滿小花圖樣的輕飄飄連身裙，腳上穿著看似男生穿的厚重靴，穿在外面的灰色連帽外套雖然簡單卻很高雅。

我對女性時尚並不是很懂。

不是很清楚秋玻這身打扮的品味算好還是不好。

然而，那些輕飄飄的荷葉邊還有從厚重靴伸出的小腿，轉眼間就擊倒了只看過她穿制服的我。

「怎麼了？」

「…………啊，呃，沒什麼。」

我一個不留神，晚了幾秒才做出反應。

「是嗎？那我們走吧。」

秋玻說完便邁開腳步。我跟在她身後半步的距離走著，心跳速度依然沒有減慢。

事情的開端——

「——我覺得還是由本人來說明比較好。」

就是春珂這句話。

「雖然我們要一起研究秋玻的事也行，但反正都是要了解她，不如讓她親口告訴我們不是更好嗎……？」

「嗯，妳說的對。既然本人就在眼前，直接問她當然比較好。而且……可以跟秋玻單獨說話，我也會很開心。」

「對吧？」

春珂一臉得意地微微一笑。

而且她還這麼說：

「然後……地點要不要選在我家？」

「……咦？妳家？」

「對。就是我們兩個的家，我們兩個的房間。」

心跳聲大到讓我擔心會被春珂聽見的地步。

也就是說……我將前往秋玻生活的地方。

在那個私密的空間跟她獨處……

「……啊，我、我當然沒有奇怪的意思喔！」

也許是我的表情讓人擔憂，春珂自己慌張了起來。

「那、那個，就算是兩人獨處，也不可以對秋玻做奇怪的事喔！啊，不過，如果她本人同意，那就另當別論……啊，可是秋玻的身體也是我的身體，所以……」

「喂，等一下，妳先冷靜下來。」

我連忙制止滿臉通紅又語無倫次的春珂。

「妳放心，我不會對她做奇怪的事情啦……」

「……說、說的也是。對不起，我好像想太多了……可是，在我家辦也真的比較方便吧？畢竟你能實際看到她喜歡的唱片、書還有電影……」

這話確實有道理。

比起把她喜歡的東西列在紙上，實際碰觸那些東西，拿來閱讀、觀賞或聆聽，應該更容易記在腦子裡。

「所以……先到我家跟秋玻聊天，你覺得如何？」

——在秋玻的帶領下，我們從車站往北走了一段路。

那是一棟位於善福寺川旁邊，比較新的公寓。

那棟公寓有著淡茶色的外牆、迴車道、寬廣的通道和樹叢，看起來寬敞舒適。

眼前就是我平時經常利用的圖書館，讓我覺得：「啊，原來就在這裡的對面啊……」心中有種不可思議的感慨。

我們穿過有自動門鎖的大門，走過擺著沙發的大廳，搭電梯來到三樓。

「……我父母今天都出門了。」

秋玻背靠著深棕色的牆壁，說出這種話。

「你不用太過拘謹，放輕鬆點吧。」

「……好，好的。」

我姑且如此回答，可是……原來她父母今天都不在家啊……

在除了我們之外沒有別人的地方——

跟單戀的女生兩人獨處——

已經變快的心跳又開始加重了。

湧上心頭的緊張與期待讓我差點發出呻吟。

就算她叫我放輕鬆，也沒有比這更讓人無法放鬆的場面了吧……

「——這裡就是我們的房間。」

「……哦～～這就是妳們房間啊？」

然而，比起興奮與緊張，被帶到的這房間——更令我感到不可思議。

我對這房間的第一印象或許更接近「興趣截然不同的姊妹的房間」吧。

在擺著唱片機與設計很有味道的唱片的置物架上，也擺了花俏的布偶與可愛飾品。

書架上同時存在著老電影的藍光光碟、純文學小說與戀愛系少女漫畫，衣架上則有可愛系衣服區與雅緻系衣服區，色差形成了漸層。

照理來想，應該只會認為這是間「超過兩個人一起住的房間」。

然而——家具只有一組。

不管是書桌、床鋪還是化妝台——

這房間的獨特模樣——彷彿象徵著秋玻與春珂本身，讓我好一陣子無法轉移目光。

「……果然很奇怪嗎？」

也許是注意到我的反應，秋玻疑惑地歪著頭。

「我沒什麼機會去其他年齡相仿的人的房間，所以不是很清楚……這房間跟普通房間不一樣嗎？」

「……啊、啊……嗯，確實有些不同。」

我回想至今造訪過的朋友房間，點了點頭。

「感覺好像有些不可思議，跟修司與須藤的房間都不一樣……呃，我不是在批評，而是覺得很有趣，很有秋玻與春珂的感覺……」

「是嗎……沒有讓你覺得不舒服就好。你先坐在床上吧。不好意思，因為不太會有朋友來玩，我沒有準備坐墊……」

「沒關係，妳完全不需要在意這種事。那我就打擾了……」

說完，我假裝冷靜，在她床上坐了下來……

「……」

——床單的柔軟觸感。

——飄過來的甘甜香氣。

——嘎吱作響的彈簧床墊。

老實說，我無法阻止邪念從心中湧出。

現在的我就坐在秋玻每晚睡覺的床上……坐在她毫無防備穿著睡衣就寢的床上。

不光是這樣，秋玻還會在這個房間生活、化妝、讀書……甚至是換衣服。

那邊的衣櫃就是一個例子。

或許那個衣櫃裡就擺著內衣褲之類的東西。

如果我在她離開房間時不小心打開那個衣櫃，就能得知她都穿什麼樣的內衣褲……

——我到底在想什麼啊？

我趕緊搖搖頭告誡自己。

秋玻明明是出於善意把我帶來這裡，我怎麼能這麼失禮。

而且床鋪與內衣褲有一半也算是春珂的東西。

對純粹只是朋友的那女孩抱有那種邪念，實在不正直。

「……不過，我覺得很意外。」

我想擺脫心中的邪念，勉強自己開口說話。

「我還以為妳會拒絕讓我來妳們家裡作客。」

考慮到秋玻的個性，我總覺得她應該不喜歡讓別人進到自己的私人空間。而且就算別人說想去，她也應該會明白拒絕。

結果如我所料。

「的確，我不喜歡邀請客人到家裡。」

秋玻很乾脆地如此回答。

「讓年紀相仿的人進到我們房間，這好像還是頭一次吧。」

「果然是這樣嗎……也就是說，抱、抱歉！我是不是讓妳為難了？」

湧上心頭的焦慮讓我從床上站起來。

如果是因為我們自作主張才讓她不得不就範……那就太對不起她了。

「不，沒關係。」

然而，秋玻再次乾脆地搖頭。

然後用跟剛才幾乎一樣的口氣說——

「我只是會挑人罷了。如果是你，我不介意。」

……我覺得還是別太過期待比較好。

也許她這麼說只是把我當朋友的意思。

也許這只是因為春珂受我照顧。

即使如此……那種把我當成特別之人的說法，還是讓我頭腦發熱無法思考。

差點就要忍不住揚起嘴角。

「——那麼，事不宜遲。」

秋玻的聲音正好在這時打斷我的思考。

「我只要說明自己的興趣、嗜好與生活就行了吧？」

「嗯……沒錯，雖然這是個冒昧的要求，如果妳能配合就再好不過了。」

「我明白了。畢竟你是在幫助春珂，這點程度的小事我應該幫忙。而且……」

說完，秋玻輕聲一笑。

「比起直接告訴春珂，透過你轉達會讓我比較放心。」

我也忍不住笑了出來。

「的確，春珂可能會漏聽或是搞錯一些事情。」

「對吧？那……」

秋玻說著走到書架前面。

「我們就先從你應該也有興趣的書開始吧。」

她清了清喉嚨，開始說起自己的興趣——

「——老實說，我覺得自己讀過的書遠比你少——」

「——所以，我在醫院的娛樂就只有聽廣播，才會進而喜歡上爵士樂。我們來聽幾首吧——」

「——我每天至少會看一部電影。可是，我沒辦法一次看完比人格維持時間還長的電影，這點讓我很不滿——」

「——我不擅長應付前來搭話的店員，所以，衣服大部分都是在『Glare Mall』這個網站買的——」

——我聽她說了一個小時左右。

我們試著鑑賞了一些唱片與電影後——

「大致上……就是這樣吧。」

秋玻把正在聽的唱片放回封套，並且轉頭看向我。

「雖然這只是一小部分，但別人應該也不會深入探詢更多。還有三分鐘左右就要人格對調了，我們就講到這裡為止吧。」

「……我明白了。」

秋玻連時鐘都沒看一眼，就能斷言時間剩下三分鐘。

我有些驚訝，她或許是在漫長的雙重人格生活中，用身體記住了人格對調的時間。

「謝謝，妳真的幫了大忙。」

我一邊道謝一邊把聽到的情報在筆記本上彙整完畢。

「我想，只要知道這些就夠了……」

因為秋玻說話條理分明，這些話裡塞滿了高密度的重要情報。只要把這些情報全都背起來，正如她本人所說，短時間內應該不用擔心沒有話題。

收穫超出原本的期待，讓我看著寫滿文字的頁面，開心了起來。

「……你真的很拚命呢。」

我坐著的床鋪突然搖晃了一下。

往旁邊一看——秋玻就在眼前。

她就坐在差一點就會碰到我肩膀的位置。

我似乎能透過夾在衣服布料之間的空氣感受到她的體溫——

放在寫字上的注意力一口氣轉移過去。

牆上時鐘的長針發出聲響。

「我一直都很在意……」

「……在、在意什麼？」

「為什麼你那麼重視春珂？」

秋玻歪頭注視著我的眼睛。

「矢野同學，你對春珂真的很好。這是……為什麼呢？」

……被她這麼一問，我才發現自己還沒對此做出解釋。

在秋玻眼中，現況就是班上男生不知為何熱心地幫助自己的另一個人格——春珂。這應該會讓她不安吧。

「……我想八成是因為我們有些地方很像。」

所以，我首先清楚地這樣告訴她。

「春珂不是想做個『一貫的人』嗎？我……也有同樣的想法。妳回想一下，我們初次見面那天，我不是在偽裝自己嗎？」

「嗯，我還記得。」

「其實我並不想做那種事。可是，為了在學校與班上過得更好，我不得不那麼做。我偽裝自己，讓別人容易明白該如何跟我相處，扮演屬於自己的角色……為了讓旁人歡笑，不管痛苦還是悲傷都強忍下來，用謊言粉飾太平。因為我害怕如果不這麼做，就不會被別人接納。所以，我一直無法放棄偽裝自己……」

「嗯，嗯。」

「就在這時，春珂對我說了，說她想做一貫的自己。我發現我們是同一種人，這女孩也有著跟我一樣的煩惱。既然這樣，我就想助她一臂之力。於是，我主動拜託她讓我幫忙。」

「……原來是這樣啊。」

……其實並不是只有這個原因。

我還期待能藉機接近秋玻，而且其實我才是受到春珂幫助的人，但這兩件事我說不出口。

我知道這是情非得已。然而，我總覺得自己過度表現出「好人」的形象，心中有股罪惡感。

結果，就連在秋玻面前，我都沒有展現出真正的自己。

「……從以前就是這樣。」

秋玻小聲嘟囔。

那聲音讓我莫名在意。

因為那聲音聽起來好像有些不高興，也像有些不滿。

時鐘的長針再次發出聲響。

「……在旁人眼中，那女孩不是破綻百出嗎？」

然而說出這句話之後，在微微一笑的秋玻臉上已經沒了不滿的神色。

「確實是這樣……」

「這似乎讓她很容易吸引別人。因此，不管是在機構還是醫院，都有各式各樣的人為她操心，自然而然對她很好……」

她應該是想起當時的事情了吧。

秋玻臉上露出些許笑容，一臉開心地說著。

那表情就在伸手可及的地方，讓我的心有些動搖。

「而我……因為是那種可以放著不管的孩子，有時候會羨慕能夠受到旁人關心的那孩子……」

秋玻的聲音中充滿幸福，卻又夾雜著些許寂寞。

沉穩的眼神彷彿眺望著遠方城市的燈火，想像本應存在於該處的自己。

她的胸口隨著呼吸微微起伏。

就在這時——我下定了決心。

決定稍微前進一步看看。

難得春珂為我準備了這樣的機會。

就算只有一點也好，我要努力讓我們的關係更進一步。

「我、我……我對妳……」

我裝作若無其事。

拚命壓抑顫抖的聲音，說出了這句話。

「我確實很重視春珂，可是……妳……」

秋玻——露出猛然驚覺的表情看過來。

深邃的漆黑眼眸筆直看向我。

「對我來說，妳也跟春珂一樣……」

——就在這時。

時鐘再次發出聲響——

「……啊啊！」

——秋玻叫了出來。

然後，她露出深感遺憾的表情。

「對不起，對調的時間已經……」

——所有緊張感突然從她臉上消失。

那是彷彿失去感情，有如做得不好的娃娃般的面無表情。

然後就在我屏息等待幾秒鐘後——

「……啊，對調了。」

朝氣突然回到那張臉上。

她——剛和秋玻對調的春珂環視周圍，鼓起臉頰。

「嗯～～秋玻又直接在你眼前對調了。我明明說過不喜歡這樣……啊，對了，結果如何？」

不高興的表情為之一變，她興致盎然地探頭看向我。

「有、有什麼進展嗎……？」

「進展……」

「嗯。」

「……好像就在剛才錯失了。」

「……咦咦……？」

*

——對春珂的特別課程一直上到人格再次對調的前一刻。

持續了大約兩個小時。

春珂準備了點心和飲料，彷彿要跟閨蜜聊天一樣怡然自得，讓我感到有些不安——但兩個小時過去後，我發現一件令人意外的事情。

「……關於爵士樂隊的編組，比起大型樂隊，我更喜歡三重奏和四重奏。比起現在流行的曲風，我更喜歡六零年代或七零年代錄製的專輯。那年代的知名樂手有比爾・艾文斯和約翰・柯川──」

我們決定在最後重新複習一遍。

春珂現在正盡可能把我今天告訴她的知識背誦出來。

──我沒想到她背的速度會這麼快。

我告訴她的知識，她好像已經幾乎都背起來了。

春珂滔滔不絕地背誦秋玻的喜好。

「──電影方面，我喜歡以前的國片，最喜歡的是《東京物語》，除了故事，我也喜歡欣賞當時的景色。因為我也喜歡《盜日者》，或許也滿喜好刺激的故事──」

……說不定……

我有點誤會這女孩了。

難道春珂不是純粹因為能力差才會不斷犯錯……而是有其他因素讓她無法充分發揮實力嗎？

「至於小說的部分，我喜歡昭和年代初期的頹廢派小說，其中又以描寫年輕女孩感覺的──」

「——春、春珂！暫停一下！」

「咦？怎、怎麼了……？」

我打斷她那似乎會一直持續下去的背誦，試著詢問。

「呃……我想問一下別的事情。」

「嗯……」

「妳進來我們高中的時候，不是有參加轉學考嗎？妳也有參加那場考試嗎？不是只有秋玻參加對吧？」

「沒、沒錯，我也有參加……」

「題目應該滿難的吧？妳是不是準備了很久？」

「倒是沒有，因為在那之前我都有盡可能去上學，在醫院裡也會自習，所以沒有讀得那麼辛苦……頂多就是做個考前複習吧。」

……沒有讀得那麼辛苦啊……

我們就讀的宮前高中，在這一帶算是排名前面的升學高中。

聽說轉學考試又比一般入學考試難，所以絕不是輕易就能考進來。

此外，既然她們無法共享記憶，每天能使用的平均時間就只有十二個小時，讀書時間應該比其他學生短上許多……

……因為轉學過來的日子還不長，我現在還不是很清楚。

但春珂絕不是腦袋不好的人。

反倒是腦袋相當好才對吧……？

「……那妳擅長運動嗎？」

雖然為了幫助春珂，我在上課時一直看著她，但就只有在男女分開上的體育課沒辦法這麼做。從給人的印象看來，她應該不擅長任何運動，但實際情況又是如何？

「咦……我超級不擅長。只要我出現時遇到體育課，心情就會很憂鬱……」

到此為止都在我的預料之內。

然而，我真正想確認的是後面的問題。

「這樣啊，那妳不擅長什麼運動？」

「球類運動……吧？目前是大家一起上排球課，想不露出馬腳真的很難……」

「原來如此……那我順便問一下，妳測過五十公尺短跑的成績嗎？」

「噢，嗯，上第一節體育課的時候就測過了。」

「妳的成績是幾秒？」

「……嗯～～我想想，好像是七秒一吧。」

「真的假的……」

這個超出預期的成績讓我忍不住笑出來。

七秒一……我的成績應該也差不多是這樣。

我記得男女生五十公尺短跑的平均成績差距很大……以女生來說，這成績應該算是相當快了。

……我好像可以成立一個假設。

「原來如此……」

「怎麼了？剛才的問題是什麼意思啊……？」

跟我一樣坐在床上的春珂一臉不可思議地從旁邊探頭看向我。

「我在想，妳常常犯錯的理由……說不定是缺乏自信。」

「……自信？」

「沒錯。我懷疑妳不是能力不足，只是因為心情上的問題而犯錯。不過仔細想想，這也是理所當然的事。秋玻顯然是個成績優秀又擅長運動的學生吧？而妳跟她共用同一副身體，就算能做到同樣的事也一點都不奇怪啊。」

「……啊，對耶。你說的有道理。」

「事實上，在像五十公尺短跑這種容易發揮原本身體素質的運動項目，妳就能得到好成績。而且秋玻今天告訴我們的事情，妳也那麼輕易就記住了不是嗎？」

「……那種程度的事，不是每個人都能辦到嗎？」

「不，沒那種事。至少我就辦不到。」

我姑且算是成績不差的學生。

記憶力應該不至於比其他人差。

也就是說……春珂的記憶力果然比別人好上一截。

「不過，如果缺乏自信，有時就會讓人無法充分發揮能力吧？事實上，妳似乎就非常擔心自己會犯錯……也許就是因為這樣，才讓妳做什麼事情都不順利。」

「噢，是嗎～～原來是這樣啊……」

「不過，這終究只是假設。也可能是雙重人格的某種副作用限制了妳的能力。」

因為我不是專家，對於這個部分我也沒辦法說什麼。

在多重人格者中，也有因為心理作用導致主人格原本能辦到的事情變得辦不到的病例，我還聽說過主人格原本辦不到的事情突然變成能夠辦到的病例。而春珂身上也可能存在著這樣的限制。

不過，我至少——能夠肯定春珂有可以精明地生活的資質。

「這樣啊……說的也是……」

春珂低頭看向地毯，點了點頭。

「的確，秋玻明明那麼厲害，擁有同樣身體的我卻不是那樣，是有些奇怪……」

「對吧？所以如果妳想讓人格合而為一，以『對自己有自信』這一點為目標或許也不錯……」

在說出這些話的同時，我發現自己心裡覺得有些不對勁。

我剛才理所當然地說出「讓人格合而為一」這句話。

這是春珂的目標。

仔細想想……這到底代表著什麼樣的意義？

之前我一直下意識地認為那是件「好事」，天真地相信那就是我們的目標。

然而，這件事應該沒那麼單純。

應該不是一句「真是太好了」就能道盡……

「……是喔，自信啊～～」

春珂以一副想說出疑惑的模樣抬起頭，交抱雙臂陷入沉思。

「我過去確實沒什麼自信……」

她眉頭深鎖，低下頭。

那種表情和姿勢——讓我覺得春珂與秋玻果然很像。只看外表的話，甚至就跟秋玻一模一樣。

……我突然發現自己的心跳開始加速。

我知道眼前的人是春珂。

然而——我現在有種整顆心懸著的感覺。

……等一下。

我以前都能把春珂與秋玻看成不一樣的人。

只對秋玻懷有單戀的感情。

只對春珂懷有對朋友的感情才對。

而我現在卻突然有種把這兩者混在一起的心情……

罪惡感讓我趕緊封印自己的感情。

對春珂現身時的她懷有這種感情，不管對秋玻還是春珂，都只是背叛。

然而……一旦意識到了一次，就無法輕易壓抑這樣的感情。

飄散在房裡的甘甜香氣，還有隔著肩膀感受到的她的體溫，都讓我無法保持冷靜。

然後——

「——！」

我注意到了。

從坐在她身旁的這個角度——可以透過寬鬆連身裙的領口，稍微看到她的乳溝。

身材看似纖細的她胸前意外地有料。

肥皂般雪白的肌膚上找不到任何傷痕與斑點……

明知不該看，心中也湧起強烈的自我厭惡，我還是無論如何……都無法移開視線。

「……嗯？怎麼了？」

春珂抬起頭——正好跟我四目相對。

我已經無法掩飾，也無法偽裝了。

「呃……不，沒什麼……」

雖然嘴巴這麼說，但連我都能清楚感到自己的臉頰越來越燙。

額頭上也冒出冷汗。

也許是隱約察覺我的反應有何意義……

「……咦？那、那個……呃……啊哈哈～～……」

春珂目光大大地游移了一下，按著胸口笑了出來。

「對、對不起，我不是秋玻喔……她再過一會兒就會出現，你忍耐一下喔……」

「呃，妳……妳誤會了！我沒有那種意思！該道歉的人是我，對不起，我不該用奇怪的眼神看妳！我好像有些混亂了……」

「沒、沒關係，這也怪不得你……如果處在同樣的狀況下，我心裡也肯定會亂七八糟的……」

「這……這樣啊……」

對話中斷，尷尬的沉默籠罩房間。

前所未有的氣氛讓我莫名感到坐立不安。

「總……總之，我認為自信將會是今後的關鍵！」

我硬是轉回剛才的話題。

「所以，妳可能需要問秋玻該怎麼有自信地行動，或自己找尋轉換心情的方法！」

我並沒有打算說出有意義的話語。

純粹只是想改變氣氛，才隨口說出她可能會表示同意的建議。

然而——

「沒錯，我可以問她……」

說完，春珂低頭看向自己腳邊。

然後——

「……矢野同學，你覺得秋玻是那種女孩嗎？」

「……咦？」

「在你眼中，她是個有自信的人嗎？」

這個出人意表的問題，讓我發燙的臉頰一口氣涼掉了。

在此之前，我只看到秋玻貫徹自我的部分。

她不會隨波逐流，不會被現場的氣氛蒙蔽，重視自己真正的想法。

我以為那可能象徵著她的自信……

「啊……當然！我覺得她比我有自信多了！」

春珂趕緊揮揮雙手，像是要把話說清楚一樣。

「應該說，我這個人超級沒自信，拿我來比也有點奇怪……可是……」

然後，春珂露出慈愛的笑容。

那微笑跟提到春珂時的秋玻非常相像。

「我覺得她——也有許多想說卻說不出口的話。」

「想說……卻說不出口的話……」

「對。大概是因為她不擅長展現出自己的脆弱，沒辦法向別人求救……」

春珂伸出手，拿起擺在櫃子上的唱片。

那是張有點年代、封套很有味道、看起來跟高中女生格格不入的唱片。

她溫柔地撫摸那張唱片。

「所以我才會誕生。我是這麼想的……」

——春珂誕生的理由。

那應該確實存在於秋玻心中才對。

如果真是這樣，春珂說的就沒錯了。

秋玻應該不是單純個性堅強，也不是充滿自信。

反倒是——為了保護自己免於某種事物，才會變成那種個性……

可是，如果是這樣，那春珂不就——

「……時間差不多了。」

看過手中的智慧型手機後，春珂如此說道。

「這麼快啊……」

經她這麼一說，我看向時鐘，現在時間是下午五點二十一分。

自從切換成春珂後，差不多過了一百二十六分鐘。

雖然離之前聽說的一百三十一分鐘還有一段時間……但這段時間的長度應該就跟她說的一樣，每天都會有些不同吧。

「抱歉，可以請你轉過去一下嗎……被你看著我會害羞……」

「喔……好……」

我按照她的指示，稍微挪動屁股背對她。

然後，過了讓人心焦的十幾秒後……

「——你可以轉過來了。」

當我聽到這個聲音回頭一看時——秋玻已經出現在我眼前。

——不知為何，她那凜然的表情……

此時此刻看起來好像流露出些許寂寞。

「……那我們今天就到此為止吧。」

可是，秋玻站了起來。

我來不及說出自己的感想，也沒能延續她上次出現時的對話。

「謝謝你為那孩子做了這麼多。我送你到車站吧。」

「……嗯，該道謝的人是我才對。」

同時，我也——沒能把當時想說的話說完。

＊

四月十五日（日）　秋玻

今天，矢野同學來到我們家。

他認真地把我說的話記錄下來，並且理解我，讓我非常開心。

他幫春珂上的特別課程似乎也很順利，我對此感到慶幸。

我發自內心覺得這真是太好了。

第三章
Chapter.3

Bizarre Love Triangle

三角的距離無限趨近零

「——對不起，我沒辦法跟妳交往。」

放學後，我被人叫到公園裡。

聽到我清楚明白地這麼說，她——須藤伊津佳難過地皺起臉。

「為……為什麼……？你明明那麼喜歡我……」

「我喜歡上其他人了……妳還是死心吧……」

「怎麼這樣……太過分了……」

無法接受現實的須藤搖了搖頭。

可是，她臉上的悲傷很快就變成了憤怒。

「……我不原諒，我絕不原諒你。我絕對要讓你後悔甩了我！」

說完——她伸手指向我。

「矢野……你這個……大呆鵝！」

「……那個……」

聲音的主人是面露苦笑看著我們演戲的修司。

「你們這場戲要演到什麼時候……？差不多該切入正題了吧？」

「啊哈哈～～說的也是～～！」

剛才那種逼真的凶狠模樣就像騙人的一樣，須藤若無其事地變回笑容。

「話說，矢野，你怎麼突然演起告白場景啊？難不成你真的喜歡我……？」

「怎麼可能有這種事啊！呃，應該說，都是因為妳突然把我叫到公園，我才以為妳要向我告白啊～～」

「什麼？為什麼我要向你告白啊～～」

須藤說完生氣地鼓起臉頰，但表情看起來有些暗爽。

須藤天生就是個樂觀的人，最喜歡開心和有趣的事情，即使在尋常對話中也不能不找些樂子。

當然，她應該也很清楚旁人是如何看待她，也知道大家對她的定位吧。

然而須藤超出了眾人的期待——因為她從骨子裡就是個活潑外向的女孩。

不光是自己，也希望身旁的人們都能笑容常駐。她一定是認真這麼想的。

所以跟這傢伙說話的時候，我都會裝出比跟其他人說話時還要亢奮的樣子。

……真希望我可以不用那麼做。

如果我能毫無偽裝地說出自己的想法，肯定能跟這傢伙變成更好的朋友。

然而，我無論如何都沒有自信，不認為她會接受我原本沉穩的個性。

我扮演著須藤期望的我……我對依然在做這種事的自己感到厭惡。

「喂喂喂，話題又扯遠了，該說正題了吧。」

「嗯，你說的對。」

被修司這麼提醒後，我們走向附近的鞦韆。

跟須藤相較之下，修司似乎對「角色」這種東西更有自覺。

每當一群人聊天的時候，他總會綜觀全局，經常在推動對話的同時說出不會傷害到任何人的話。

我想修司肯定不是只有看到那些對話的表面，而是意識到每個人的意圖，以及話語中隱藏的真心話，然後才採取行動。

正因如此，每次跟這傢伙說話時，我總會感到不安，害怕自己的真正想法可能全被看穿了，也擔心他早就看出我在演戲。

須藤站到鞦韆上，我跟修司則在周圍的護欄上坐下。

傍晚的公園雖然很寬廣，但使用者並不多。

只有幾個小學生在玩ＤＳ，還有帶著孩子的年輕女性在聊天。

從遠方傳來消防車的警笛聲，附近的民宅也傳來綜藝節目片尾曲的聲音。

「……所以，妳找我有什麼事？」

「嗯～～就是～～……」

被我這麼一問，須藤讓短裙輕輕飄舞，含糊地說：

「……矢野，你最近經常跟秋玻在一起吧？」

「噢，或許是吧。」

「不但在學校裡是這樣，放學後也一樣，我偶爾會看到你們在一起……」

——離我上次去水瀨家作客已經過了一個多星期。

我依然盡可能待在春珂身邊幫助她。

正如須藤所說，我們在學校裡一直黏在一起，放學後也會在社辦開檢討會。

拜此所賜，她最近犯錯的次數好像也逐漸減少了。

不但如此，跟別人交談的時候也不是只會接話了。

「——修司同學，你喜歡聽早期的搖滾樂對吧……我對這部分沒有太多涉獵，如果有不錯的曲子，希望你能推薦給我。」

「——最近的電影，我大概比較喜歡《幸福的彼端》吧。我家有DVD，不介意的話，要不要借你看？」

就像這樣，她開始變得能主動向別人提出想法了。

她的能力果然本來就不差。

只要別掉以輕心，應該就不會犯下致命性的錯誤。

……不過，問題就在於她實際上偶爾會掉以輕心。

「所以我在猜……」

須藤說著從鞦韆上跳下來——小心翼翼地問：

「你是不是……喜歡秋玻？」

——果然要問這個嗎？

老實說，我早就猜到會是這樣了。

當我們在咖啡廳被撞見的那一天，我們不斷被她捉弄，逼問「是不是要結婚了？」，之後卻還一直黏在一起。她會懷有這樣的疑惑也是理所當然。

而且我早就做好心理準備了。

不管別人怎麼想都無所謂，我就是要幫助春珂。

更重要的是我喜歡秋玻是事實，就算被揭穿也只會覺得害臊，不至於感到驚訝。

問題在於，我該如何回答這個問題——

「……哦～～矢野，沒想到你竟然會閉口不語。」

一直靜觀其變的修司一臉意外地笑了出來。

「我原本還以為你會激動地反駁呢。」

「咦～～果然被我猜中了嗎！」

須藤發出興奮的叫聲後，再次跳到鞦韆上。

「我就知道絕對是這樣～～！該怎麼說呢……你們一直給我神祕兮兮的感覺！我才會覺得你們肯定是在談戀愛！」

「等一下，我還沒承認吧！」

「咦～～我猜錯了嗎？那你們兩個為什麼一直黏在一起……？」

「那是因為……」

沒錯——這就是最大的問題。

老實說，要我承認自己喜歡秋玻，我會覺得難為情。

更別說我跟須藤與修司已經認識超過一年，但以前都沒有跟他們聊過這種事情。

然而，要是否定這件事……就無法解釋我們在一起的理由。

如果我實話實說，就得說出我在幫助春珂，但她是雙重人格者這件事是我們兩人的祕密，我不能說出這件事。

……既然這樣……

那我承認自己喜歡秋玻……不是比較安全嗎？

那樣對我不是也有好處嗎……？

「……嗯，好吧。」

煩惱了一下後，我無奈地嘆了口氣。

「就跟你們說的一樣……我對秋玻……那個……」

說到這裡，我稍微頓了一下才說：

「……我喜歡她……」

——如我所料，羞恥心讓我感到坐立不安。

不但渾身發癢，背部與額頭也冷汗狂流。

「可、可是，這又有什麼不對！我會喜歡上她也怪不得我吧！」

「呃，沒有不對，這一點也沒有不對！」

面對大吼大叫的我，須藤笑容滿面地這麼說。

如果這傢伙是條狗，現在應該已經快把尾巴搖斷了。

「這反倒是件好事！你一直都不聊戀愛方面的事情，我還以為你這個人有問題呢！可是，呵呵呵……原來如此～～你喜歡秋玻那樣的女孩啊……真是想不到呢！」

「……為什麼？」

「因為我以為你會喜歡更活潑外向的女孩！」

的確，如果是平時那個扮演「愛說笑的同班同學」的我，或許會喜歡上朝氣十足的女孩子。雖然實際上完全不是那樣就是了。

「不過，我好像有些明白。」

修司露出足以刊在雜誌上的帥氣笑容，看著我說：

「因為你……看起來就會對擁有自己欠缺之物的水瀨同學感到憧憬。」

——這傢伙……

就是因為這樣，廣尾修司這名男子才讓人無法掉以輕心。

明明乍看之下只是個性格溫和的帥哥，卻會像這樣突然說出切中核心的話。

……當然，他應該還不至於看穿秋玻有雙重人格。

不過，他的推測還是幾乎都猜對了。

「……嗯，大概就是你說的那樣吧。」

我決定老實地承認。

「我覺得那種冷冷的女孩很不錯……話說，你們也差不多該放過我了吧！雖然我在某種程度上能忍受你們的捉弄，但我可是認真的，這樣很難為情耶！」

「對不起啦！我們會打聽這件事，也不是為了捉弄你啊！」

須藤邊說邊開始邋鞦韆。

蘇格蘭裙大大地擺動，白皙的大腿露了出來。

「喂！須藤，我快要看到妳的內褲了！妳動作再淑女一點啦！」

「反正又不是秋玻的內褲，你緊張什麼？別說這個了，你不想知道我們打聽這件事的理由嗎？」

「……什麼理由？妳為什麼要特地做這種事……」

被我這麼一問——須藤從鞦韆上跳下來，在我面前漂亮地著地。

我好像有看到粉紅色的布料，但八成是看錯了。

然後，她露出發自內心感到高興的表情，探頭看向我的臉。

「就讓我——來當你們的愛神邱比特吧！」

*

「——對不起，謝謝妳的好意。」

「……咦咦咦咦咦咦！」

——沒想到秋玻二話不說就拒絕了。

須藤大聲叫了出來，獨占了早上教室裡眾人的視線。

就連從走廊經過的學生和老師似乎也被這突如其來的高音嚇到了。

——自稱愛神邱比特的須藤給我的提議，就是我們四個人一起去台場玩。

她說：我猜你八成會裝模作樣，遲遲無法跨越那條線吧。

所以我們要製造出不同於日常生活的刺激，讓你們兩人的關係快速進展。

老實說，我不是很喜歡這個提議。

就算她特地為我製造機會，用期待的眼神看著我，也只會讓我因為太過在意而綁手綁腳。

她選擇台場作為出遊地點，我也不認為秋玻會喜歡。

更何況，我已經有春珂這個可靠的同伴了。

我覺得自己不太需要更多的幫助。

然而，當晚我還是覺得該跟她商量一下，就在春珂出現的時段打電話給她。

「——咦咦！我想去！我想去！」

她興奮得叫了出來，音量大到讓我忍不住把聽筒拿離耳朵。

「我一直很想跟朋友一起在週末出去玩……所以，我絕對要去！」

聽到她這麼說，我也沒辦法反對了。

想在出去玩時隱瞞雙重人格的事，應該會遠比在班上時還要困難吧。

因為人數不多，大家很容易把注意力放在彼此身上，在一起的時間也會比平時長上許多。

總覺得危險程度會比普通的校園生活高上一大截。

可是——我覺得這種經驗對她來說或許是必要的。

如果她想完美「扮演秋玻」，也必須挑戰不同於平時的環境。

而我自己……在聽到春珂這麼說後，心情也有些動搖了。

我確實有點想跟秋玻與春珂一起到某個地方去玩……

於是，我才會告訴須藤：「那出去玩的事就拜託妳了。」可是——

「是、是因為妳不想去台場嗎……？呃、呃……如果是這樣，就算妳要去原宿、舞濱還是其他地方，我都沒有意見……」

「不，不是因為這樣。只是我最近週末有點忙。」

——最重要的秋玻居然無情地拒絕了她的邀請。

「所以，妳的好意我心領了。找別人陪妳一起去如何？」

「咦？嗯、嗯，原來是這樣啊……」

如果秋玻不能來，那就完全沒意義了。

須藤失望地垂下肩膀。

「那、那……我再重新想想吧。」

然後搖搖晃晃地從秋玻的座位離開。

離開的時候，須藤還偷偷往我看了一眼，露出抱歉與遺憾的表情。

可是——比起須藤的那種表情……

我更在意秋玻話語中流露出的些許異狀。

秋玻像這樣拒絕別人邀請的場面，我已經看過好幾次。

她總是不客氣地拒絕別人，讓不得不模仿她的春珂時常因為感到過意不去而胃痛。

可是……我覺得這次不太一樣。

也許我該跟她打聽一下狀況。

＊

「——不好意思，可以打擾一下嗎……？」

當我在校舍出入口如此詢問時，秋玻才剛把室內鞋收進鞋櫃。

舉著右手的她轉頭看過來，疑惑地歪了歪頭。

那個舉動——還有她沐浴在午後陽光下的身影，讓我感到心臟狂跳。

我還是無法在這女孩面前保持平靜。

「我有事想問妳……」

「……是嗎？」

我勉強擠出話語後，她似乎明白我的意圖了。

她從鞋櫃裡拿出樂福鞋。

「那我們一起回家吧。」

——一起回家。

光是聽到這四個字，一股暖流便湧上我的胸口。

雖然雙方的距離並沒有縮短太多……但我應該也沒有被她拒絕吧。

太過期待並非好事，不過這點程度的自滿應該還不至於會遭到報應。

「——所以，你想問什麼？」

走出校區後，依然看著前面的秋玻如此問道。

「噢，就是……須藤今天早上不是邀妳去台場嗎？」

「嗯。」

「妳說妳週末很忙不能去……那是騙人的吧？」

說出這句話後——一股罪惡感湧上我心頭，彷彿我玷汙了秋玻的人格。

「春珂都告訴我了。因為週末偶爾會去醫院，妳們總會把時間空下來。為什麼妳不惜說那種謊話……也要拒絕人家的邀請？」

說不定是我管太多了。

也許她只是單純不想跟須藤等人還有我一起出去玩。

可是——以往總是用誠實過頭的態度拒絕別人的秋玻就只有這次說了謊，讓我覺得其中有某種理由。

「……沒錯，那確實是騙人的。」

秋玻一邊嘆氣一邊如此承認。

「沒想到連這種事都瞞不過你……」

「……畢竟我一直在偽裝自己，就連別人的謊言也能隱約看出來……」

正因為自己經常說謊，對別人的謊言也很敏感。

我經常從別人的表情、聲音與細微的舉動感受到其真正想法與話語間的鴻溝。

更何況……這次的對象可是秋玻。

比起其他人，我更有信心看穿她語氣與態度的變化。

「難道說，妳不喜歡那種觀光勝地？」

「……不，我沒去過台場，所以不知道自己喜不喜歡。」

「那……難道妳討厭須藤？」

「不，我覺得她是個好女孩，雖然我們還不是很熟……」

「那──」

我依然低頭看著腳邊，對秋玻說出自己真正的猜想。

「難不成妳是在擔心春珂……」

……秋玻並沒有馬上回答。

「我知道這次確實有些危險。到時候我們四個人應該會長時間待在一起，不是去買東西就是去活動身體。想隱瞞雙重人格的事，肯定會比在學校時困難。所以……為了不讓春珂冒險，妳才會拒絕嗎？」

我只能想到這個理由。

秋玻居然會說謊……理由肯定是為了別人。

而且──還是為了跟自己最親近的人。

我們緩緩走了幾步之後，她說：

「……雖然不是全部──」

秋玻說得不清不楚，一點都不像她的作風。

「但那或許是理由之一吧……」

……這到底是怎麼回事？

我居然看不出隱藏在她話語中的真正想法。

缺乏變化的表情與不多的話語掩蓋了一切，讓我連推測都做不到。

……可是仔細想想，她打從一開始就是這樣。

不同於想法顯而易懂的春珂，秋玻有些祕密主義。

——我們之間的距離明明這麼近。

明明每天都會碰面，還會交換日記。

我卻連一步都無法接近她的真心，讓我既著急又擔心，同時還有些寂寞。

「……哎，我並不打算勉強妳。」

即使如此，我還是要把自己的想法全部說出來。

我露出自己最擅長的假笑，繼續說下去。

「不過，春珂好像也很期待……如果可以，我想讓她去玩。我會努力掩護春珂，她的演技最近也變好了，我想應該不會搞砸才對。」

「……是嗎？」

「再說……我也想一起去玩。」

——我沒說想「跟誰」一起去。

其實我想跟秋玻一起去，但我說不出口。

即使如此，這仍是我目前的真心話。

要是這樣拜託她都行不通……雖然很遺憾，但我這次也只能放棄了吧。

「……一起去啊……」

身旁的秋玻嘆著氣小聲呢喃。

然後——

「……你好詐……」

——我好像聽到她這麼說了。

這一點都不像是秋玻會說的話——

這句話到底是什麼意思……？

然而，在我開口詢問之前——

「……既然你都這麼說了，也對，這件事或許並不壞。」

她抬起頭對我露出微笑。

「……那我就去看看吧。」

光是這樣——我腦海中的疑惑與不安就煙消雲散了。

總覺得先前的緊張與擔憂都有了回報。

「……我明白了。」

然後，我放下心中一切迷茫，拿起智慧型手機。

「那我馬上跟須藤聯絡。」

*

有一種人，他們最喜歡的是旅行前的準備期間。

以我身邊的人為例，須藤就是這樣。

一年級的時候，在全年級學生外出遠足之前，她興奮得不得了，還拖著我跟修司去買要帶的東西，熱衷於行程規劃。

光是在網路上調查推薦景點還滿足不了她，她最後甚至買了好幾本旅遊書，在許多景點介紹頁都貼上便條紙，數量多到實在逛不完的地步。

我至今依然清楚記得在決定最終路線時，不得不放棄幾個候補景點的須藤露出的遺憾表情，以及她在完成滿意路線時的笑容。

當然，她也非常享受遠足的過程。

她在到柳川遊河後享用了蒸籠鰻魚飯，在哥拉巴公園狂摸愛心石，還沉浸在從渡輪上看到的神戶夜景中，說出「城鎮……漸漸沉睡了」這樣的台詞。

可是……我見識過須藤在行前準備時的興奮模樣。

無論如何都沒辦法不懷疑那對她來說才是重點。

比起實際造訪當地，從自己居住的城市遙想遠方的觀光勝地，想像自己身處其中的模樣，對她來說可能才是「遠足」吧。

然後——看來……

我身邊還有另一個同類型的人。

4月25日（三）　春珂

我剛才用智慧型手機查過了，維納斯城堡那裡有超多商店耶！

怎麼辦？我們逛不完……

還有，台場購物廣場跟科學未來館這兩個地方好像也不錯呢——

4月26日（四）　春珂

我想玩泡泡足球……

可是感覺好像有些可怕……

還有，原來台場的鋼彈現在長這樣啊——

自從決定要去台場後，春珂一直都很興奮。

不管是到社辦開檢討會的時候，還是寫交換日記的時候，話題全是大家一起出去玩的事情。

她應該是真的不曾跟朋友一起出去玩吧。

想到這裡，我就不得不祈求上蒼，希望這會是個快樂的週末。

＊

——當我抵達集合地點西荻窪車站時，前一晚唏哩嘩啦下個不停的雨已完全停了。

「你好慢～～！」

被雨淋濕的柏油路變得漆黑。

已經抵達的須藤站在修司身旁，手扠腰一臉不悅。

「我們等很久了耶！你每次都這樣！遲到得這麼自然……」

「喂喂喂，我可沒有遲到！離集合時間還有五分鐘吧！」

因為感到不安，我用智慧型手機確認了一下，但我並沒有搞錯。

離我們約好的十點還有一點時間。

「又不是只要趕上集合時間就好！就像我們一樣，有些人會因為太過期待而早到，把這種人的想法也考慮進去才稱得上是一個能幹的高中生吧！」

「須藤，說出這種話的妳也比我晚到五分鐘吧……」

修司站在怒氣沖沖的須藤身旁，一邊這麼說一邊苦笑。

然後他維持同樣的表情看向我身後。

「啊……她來了。」

「真的耶！喂～～！秋玻～～！」

回頭一看——秋玻正準備走過北銀座街的十字路口。

「對不起……讓你們等我。」

她小跑步奔向我們。

在這個時段出現的人格是秋玻。

我們今天的計畫是，整個上午都由秋玻的人格陪我們逛街，下午換成春珂的人格後再前往遊樂設施。

「不會，別在意別在意～～反正集合時間還沒到嘛！」

「喂，我們兩個的待遇未免差太多了吧！」

「那當然！這就叫女士優先！」

須藤說出沒頭沒腦的話，並迫不及待地看向車站。

「那我們出發吧！」

然後邁出輕快的步伐。

所有人跟在她身後走著。

「……嗯，妳不用太擔心，放心交給我吧。」

我走在秋玻身旁，用只有她能聽見的音量說道。

「春珂的演技最近變好了……我也會好好掩護她的。」

秋玻非常擔心春珂，甚至不惜說謊也要拒絕這次的出遊計畫。

她現在心裡肯定也充滿不安吧。

所以，我至少得讓她知道我的幹勁。

我當然希望春珂能好好地玩，但是讓秋玻玩得開心也是我這次的目標之一。

——然而……

「……嗯，謝謝你。」

秋玻說出這句話的聲音有氣無力，還有些沙啞。

「……妳還好吧？」

我不安地看過去……總覺得秋玻的臉色不是很好。

原本就白的肌膚微微發青。

表情看起來有些疲倦，腳步也很沉重，眼睛底下好像還出現了黑眼圈……

「妳身體狀況不好嗎？如果是這樣，妳不需要勉強自己喔……」

「……不，我沒事。」

秋玻說著輕輕搖搖頭。

「只是有點睡眠不足……對不起，讓你擔心了。」

「……那就好。」

說不定是因為春珂昨晚太興奮而失眠了吧。

考慮到她之前的興奮程度，這是很有可能發生的事。

如果是這樣，那我太擔心也不好吧。

把心中的不安丟到一邊的同時，我把智慧型手機擺到自動驗票機的讀取區上方。

＊

在神田與新橋換車後，我們搭上百合海鷗號。

我們安撫興奮不已的須藤，越過彩虹大橋，來到了台場。

然後，在我們最先造訪的維納斯城堡——

「——啊，這件衣服秋玻穿起來一定很好看！」

「會嗎？這是不是有點太成熟了……？」

兩位女性馬上就開始逛街購物。

須藤開心地拉著秋玻到處跑，而秋玻也緊張地跟在後面，但意外地並不抗拒。

對服裝不是很懂的我只能站在不遠的地方看著她們。

我實在沒辦法像修司那樣，一下子幫她們拿東西，一下子又提供意見。

……話雖如此……

「妳在說什麼傻話啊！妳可是憂鬱系美少女，就算穿這種衣服也沒問題～～！」

「是……是這樣嗎……？」

光是看著秋玻挑選衣服，不時把衣服擺在自己身上欣賞，我就已經相當開心了……

「那……我去試穿看看……」

「嗯、嗯，快點去吧！」

被須藤從背後推了一把，秋玻走向試衣間。

她脫下鞋子走進小房間，把門簾拉上。

我自然而然地注視著這一幕。

「……呵呵呵……」

須藤慢慢靠過來，揚起嘴角賊笑。

「現在，在那片門簾另一邊，秋玻正在脫衣服喔……」

「……喂！」

我忍不住大聲吼出來。

「妳是變態大叔喔！難道妳就不能淑女一點嗎！」

在她這麼說之前，我也正想著同樣的事情。

感覺像是想法被人看穿，讓我覺得既難為情又懊悔。

「咦～～可是這是事實啊。我把外套跟連身裙都拿給她了，她現在肯定只穿著內衣褲。而且你知道嗎？別看秋玻那樣，她的胸部還滿大的耶～～……」

「我不是叫妳別說那種話了嗎！這樣對人家很不好意思吧……！」

當然，那種事我也早就發現了。

雖然秋玻整體給人身材纖細的印象，但每當她穿上運動服或合身便服時，我有好幾次都被她意外豐滿的胸部嚇到。

話雖如此……要是太在意那個部位，會讓我覺得對秋玻過意不去。也會讓我覺得像是背叛了春珂。

我能做的事情，就只有提醒自己別用那種眼神看她。

「……矢野……」

就在這時，須藤的表情突然放鬆了。

那張稚嫩但端整的臉龐掛上了有些成熟的微笑。

「在我這個旁人眼中……總覺得你對秋玻的態度好像太拘謹了。」

「……拘謹？」

她意外認真的指摘讓我忍不住複誦這兩個字。

「沒錯。該說是躊躇不前，還是保護過度？我總覺得你太畏首畏尾了。」

「……嗯～～啊～～……」

或許就跟她說的一樣吧。

秋玻本人在跟周圍保持距離，而我毫無疑問也有在避免太接近她。

「因為秋玻是那種個性，你會想那麼做也不是不能理解，但她也是普通的女孩子，今年才十六歲……而且她好像很信任你。」

「……咦？有嗎？」

「當然有～你從秋玻的態度感覺不出來嗎？」

「這個嘛……也不是沒有感覺到啦……」

秋玻有時確實會對我展現出那種態度。

幸好那個人是你……是你的話，我無所謂……

如果從表面理解這些話，我應該確實受到了她的信賴吧。

然而——我對這點非常沒自信。

那麼有個性的秋玻，真的會這麼容易就相信別人嗎？

難道這不是單戀她的我一廂情願的想法嗎……

「再說……」

須藤對陷入沉思的我繼續說下去。

「昨天上體育課的時候，我們也有聊到你，她還說有你在真是太好了。」

「……真的假的！」

「真的真的。她說雖然轉學令人不安，但多虧有你在，她覺得自己適應得很好。」

我有一瞬間懷疑這句話是不是春珂說的，可是……嗯。

我記得昨天上體育課時出現的人格應該是——秋玻才對。

「真的假的？原來有這種事……」

那……我或許可以對自己多點信心。

雖然我一直小心避免太過接近她，但試著縮短距離或許也不錯。

「那你就先從放輕鬆一點開始吧～～畢竟她是你喜歡的女孩，就算要偷瞄她的胸部也行，做些色色的妄想也無所謂喔。」

「我不是叫妳別說那種話了嗎！」

「這有什麼好生氣的！你是高中男生，做這些事很正常吧！」

「妳說的可能沒錯，但這種事不需要特地說出來吧！這裡可是公眾場所耶……！」

「……那個，我說真的……」

須藤突然壓低音調，臉上沒有一絲笑意地仰望著我。

「我們……已經『那個』了喔。」

「……妳、妳說那個是哪個？」

「我們已經十六歲了，雖然還不是大人，但也不是小孩了。既然如此，對於戀愛這件事情，也就不會只有『我們變成情侶了～～！可喜可賀！』或『我們接吻了～～！鏘鏘！』吧？」

「妳說的……或許沒錯。」

我忍不住轉頭看向她。

雖然須藤看起來就只是個活潑開朗的女孩，但重視朋友的這傢伙有時候會對人際關係提出犀利的看法，甚至是讓人瞠目結舌的現實想法。

所以，這些話……肯定不是在開玩笑，也不是隨口亂說。

「理所當然會有接下來的發展，也會因為這樣而受傷，或是被對方傷害，關係也會變得遠比以前複雜。所以，你千萬不要否定這樣的心情，也不要一笑置之……」

說到這裡，須藤總算微微一笑。

「我覺得你應該好好思考，找出折衷之道。」

「……這樣啊……」

也許就跟她說的一樣。

我們的戀愛已經不會跟那些老套的故事一樣了。

我們可能會背叛對方，也可能會欺騙對方。

如果是這樣，也許我不能只是壓抑自己的心情，也該理解這一點，思考應對的方法才對。

「謝謝妳。我會謹記在心的。」

「嗯。總之，既然你聽完一堂須藤老師的戀愛講座，就要付四千圓的學費。」

「喂！明明時間沒多長，未免太貴了吧！」

在像這樣恢復平時的吵架模式的同時……

「——哪裡貴了～～！比補習班便宜多了吧！」

「——為什麼是以補習班為基準啊！妳以為妳是補教名師喔！」

……我突然覺得自己很丟臉。

須藤認真思考我們的事情，還好心給我建議。

然而，我卻偽裝自己，用虛假的面具面對這樣的她。

雖然這種關係已經持續了很久，也逐漸變得理所當然，但……這其實是非常不誠實的行為吧？

我這樣跟一直說謊有什麼兩樣？

「——我當然是名師啊！要是真的有像我這種美少女講師，早就被抓去拍一大堆電視廣告了好嗎！」

「——那廣告應該會變成話題！妳還會就這樣變成綜藝節目的常客吧！」

……別再這樣了吧。

別繼續在這傢伙面前——偽裝自己了。

仔細想想……就算見識過我的真面目，須藤應該也不會改變跟我相處的方式。

只要能踏出第一步，搞不好會意外地順利啊……

「沒錯！所以我想趁早想好獲利模式，至於實行計畫的時間，就只有現在——」

「——喂，須藤……」

我下定決心，在她講到一半時叫她的名字。

「……嗯？什麼事？」

也許是從我的表情察覺到異狀，須藤臉上沒有一絲厭惡，疑惑地歪著頭。

有如小動物般的眼睛盯著我看。

眼前是我已經看慣的充滿活力且小巧精緻的臉龐。

……沒問題。

我再次這麼告訴自己。

如果是這傢伙，應該會接受我真正的想法才對——

於是，我戰戰兢兢地張開嘴巴——

——就在這一瞬間。

「……！」

寒冰般的不安——貫穿全身。

我像是站在漆黑洞穴上方一樣膽戰心驚。

「痛苦的回憶」——閃過腦海。

張開的嘴巴發不出聲音。手腳一陣發麻，連一根指頭都動不了。

然後——

「……矢野，怎麼了？」

須藤一臉不可思議地仰望張著嘴巴一動也不動的我。

就在這樣的時間點——試衣間的門簾打開了。

從裡面出來的秋玻穿著騎士夾克、有著沉穩的紅色花朵圖案的連衣裙與黑色跟鞋，這種成熟風格的穿搭讓她非常害羞地看著我們。

「……喔～～真是不錯耶！」

須藤一邊在意著我一邊拔腿衝向秋玻。

「這身衣服超適合妳！真好～～因為妳的長相成熟，果然也適合穿這種衣服～～」

這時我的身體——才總算能夠行動。

我看向畏畏縮縮地走出試衣間的秋玻。

「有……有嗎……？」

「嗯，我覺得很帥氣！這算是成熟少女風吧？」

「成熟少女風……」

秋玻像個孩子一樣複誦後，戰戰兢兢地看向我。

「……你覺得呢？」

面對這個問題——

以及有點不像秋玻的不安表情……

「……我覺得不錯。」

我幾乎是想也沒想就如此回答。

「嗯，我覺得很適合妳……」

這不是客套話，是發自真心如此認為。

我覺得以黑色與紅色為主的那身裝扮，讓以往不曾被強調的秋玻的「性感」得到了突顯。

至少我很喜歡她那身服裝——所以很自然地覺得很適合她。

以往我沒有留意過，須藤搞不好有挑選衣服的才能。

「是嗎……好吧，那我就買下來……」

說完，秋玻急忙回到試衣間，拉起門簾。

「……你看吧。」

須藤回到我身邊，得意地笑出來。

「我就說你顧慮太多，也太愛操心了。首先，你要再對自己有信心一點！」

「……嗯，說的也是～」

而再次錯失機會的我只能用平時的虛假笑容回答須藤。

＊

大致買完東西後——須藤與修司便跑去上廁所了。

我和秋玻來到等待區，並肩坐在椅子上。

「——總算可以休息一下了。」

我說著自然地從肺部深深呼出一口氣。

「我不太常像這樣出來逛街購物，沒想到還滿累的。」

對須藤懷抱的罪惡感，至今依然苛責著我的心。

對無法踏出那一步的自己的自我厭惡與後悔，一直在心裡揮之不去。

然而……

「確實如此。不好意思，還讓你幫忙拿東西……」

「沒關係，妳不用放在心上。反正這些東西沒有很重……」

在街上逛了一下後，我的心情也逐漸平復了。

畢竟情緒低落只會給別人造成困擾，我現在或許應該盡快恢復成往常的自己。

結果，秋玻在剛才那間店裡買下了夾克、連衣裙與跟鞋。

也就是她試穿的那套衣服。

因為那些東西滿重的，讓女孩子拿著走路可能會有些辛苦。

我偷偷瞥了秋玻一眼……她的臉色看起來果然比平時不好。

她還好嗎？是不是有點累了？我對此感到不安——然後突然閃過一個念頭。

……我就試著踏出一步看看吧。

須藤不也是這麼建議我的嗎？要我對自己有信心一點。

雖然我沒能在她面前展現真正的自己……但至少應該趁這個機會拉近跟秋玻之間的距離吧？

為了不讓須藤的好意白費，我應該試著前進吧？

把手中的寶特瓶拿到嘴邊後，我發現裡面的可樂在不知不覺間沒氣了。

我輕輕深呼吸不被人發現。

然後盡可能裝出一如往常的語氣。

「……那個……」

我如此說道。

「要是妳遇到什麼事……儘管告訴我沒關係。」

「……遇到什麼事？」

秋玻露出略顯疲憊的表情，疑惑地歪著頭。

「那個……如果是我誤會，就當我沒說吧。」

說了這句開場白後，我對秋玻說出一直壓在心裡的想法。

「秋玻，妳有時會讓我滿擔心的。我擔心妳心裡可能懷有無法告訴任何人的問題，擔心妳會獨自抱著煩惱……」

掌心滲出冷汗。

心臟開始急促跳動。

秋玻不發一語，靜靜地注視著我。

「妳不太會讓別人察覺自己的想法對吧？雖然春珂很開放，但妳跟她完全相反。雖然這絕不是壞事……但這有時候會讓我感到不安，擔心妳是不是在忍耐著什麼。」

秋玻過去曾經承受足以產生雙重人格的巨大壓力，現在也依然跟自己的其他人格一起生活。

雖然她說造成壓力的原因已經消失——

但她那種祕密主義與隱藏的真心，還有眼底下的黑眼圈，都讓我無法不感到不安。

「所以，那個，如果我沒有想錯，而妳也不嫌棄……」

我握緊服飾店的紙袋提帶。

「我——希望妳能說出來。」

——秋玻稍微睜大了眼睛。

這也許只是錯覺，但我就是有這種感覺。

「我希望妳能依賴我……」

隔了一段不長的時間後……

「……如果……」

秋玻說出這句話的聲音有些嘶啞。

「我真的有那種無法說出口的煩惱……你又為什麼要幫助我？為什麼你會說出希望我依賴你這種話？」

——那是因為我喜歡妳。

這句話差點脫口而出——但我及時吞了回去。

我現在還無法說出這份心意。

不管是勇氣、自信、時間還是準備都不夠。

所以我——

「……因為我們是朋友，這不是理所當然嗎？」

——只能用這種沒出息的謊言含糊帶過。

「我只是在想，如果有我幫得上忙的地方就好了。為了妳——也為了春珂。」

寂靜再次籠罩了我們。

周圍充斥著觀光客的喧囂聲，以及幫失蹤兒童找尋父母的館內廣播聲。

然後，一道聲音夾雜在那些聲音之中。

「……我想也是。」

說完，秋玻有些寂寞地笑了。

「我就知道你會這麼說……」

——這句話讓我感到有些不對勁。

彷彿——她早就知道我會這麼說。

我還是不曉得秋玻在想些什麼——

可是，她把低垂的視線移向我後說了：

「……我也希望總有一天……能對你說出一切。」

「謝謝妳。那我就靜待那一天的到來吧。」

「嗯，該道謝的人是我才對……」

……我還是不明白她真正的想法。

我不知道秋玻在想什麼，也不知道她是怎麼想的。

不過——我覺得我們的關係前進了一些。

如果其中沒有差錯，如果彼此沒有誤會——我剛才應該有稍微把自己的心情傳達給秋玻了。

「……啊啊，再過十分鐘左右就要人格對調了。」

秋玻緩緩看向手錶，小聲地如此說道。

「這麼快啊……」

……總覺得最近人格維持的時間越來越短了。

畢竟我並沒有正確測量過，實際時間應該也只差了幾分鐘才對。

可是，對每天待在她們身邊的我來說，這樣的變化總是讓人莫名在意。

「那春珂就交給你了……」

「嗯，交給我吧。」

「——我們回來了～～！」

就在秋玻點點頭的同時，修司與須藤終於回來了。

「傷腦筋～～廁所那裡太多人了～～！不好意思，讓你們等了這麼久！」

——這兩個傢伙肯定是故意晚回來的吧。

我把感謝之意藏在話語中。

「……就是說啊！你們太晚回來，害我們聊了好久呢！」

說完，我們相視一笑，從椅子站了起來。

*

「哦～～原來這裡長這樣啊……！」

人格在上午就換成春珂，當我們簡單用過午餐後，已經超過中午十二點。

說完，春珂環視我們來到的遊樂設施內部。

「我還是頭一次來到這種地方……！畢竟我連遊樂場都沒去過幾次……！」

看到她興奮的表情，我才理解某個事實。

那就是不同於我們與秋玻，春珂的出遊才正要開始……

——這裡不光是遊戲機與拍貼機，還有迷你摩托車賽場、籃球場、網球場、室內足球場與棒球打擊練習場，是一座複合式運動設施。

似乎是因為喜歡運動的成員很多，大家才會決定今天到這裡玩。

畢竟須藤國中時打過袋棍球，修司也打過籃球。

當春珂的人格沒有出現時，秋玻在體育課時似乎也表現得很好，我覺得這是個合理的選擇。

不過，這畢竟是為了撮合我和秋玻而發起的計畫，如果配合不愛運動的我選擇地點，好像也可以吧……

然後——現在還有一個問題。

「啊～～不過，怎麼辦？我開始緊張了～～……」

就在須藤他們去櫃檯買票時……

春珂說出這句話，不安地縮起身體。

「我做得到嗎～～……拜託別被我搞砸了～～……」

這次出遊的最大難關就是這裡。

關於日常對話與上課態度這方面，春珂已經能完美扮演秋玻了——但她唯一還沒能克服的問題就是運動。

就只有運動的時候，她無論如何都對自己沒信心，球來了就漏接，一起跑就跌倒，跳一下就扭到腳。

結果，最近每當春珂的人格出現時碰上體育課，她就會找藉口不上，藉此勉強保住自己的形象。

可是，這種做法還是有極限。

正因如此……我才希望她這次能對自己有信心，克服不擅長運動的問題。

如果她可以變得跟秋玻一樣擅長運動，在日常生活中就不會遇到困難了。

這樣她就能完美扮演秋玻了。

「……奇、奇怪？」

春珂突然一臉不安地看向我。

然後她——

「難、難道說……矢野同學……你生氣了？」

「……咦？生氣？妳說我嗎？」

「嗯、嗯……我總覺得你的表情……比平常可怕。」

「抱……抱歉……我並沒有生氣……」

我的心情反倒該說是很好才對。

因為就在剛才，我跟秋玻之間的距離縮短了一些。我是充滿了幹勁，完全找不到生氣的理由。

……只不過——

「別在意，肯定是因為我不常出遠門，有點累罷了。」

「……我明白了。」

雖然嘴上這麼說，春珂的視線依然游移不定。

我發現那種舉動——讓我感到有些不對勁。

我上次有這種感覺，是在第一次去她家作客，對讓人格合而為一這件事感到疑惑的時候。

為了做一貫的自己，春珂才會扮演秋玻。

我明白這麼做的意義，也明白她想做的事情。

就個人的心情來說，我甚至對此有所共鳴。

可是……到底是為什麼呢？

為什麼這件事會讓我感到這麼不對勁？

「……對不起，我可能想太多了。」

春珂露出有些困擾的笑容，如此說道：

「其實我昨天跟秋玻吵架了……」

「……吵架？妳們兩個嗎？」

「嗯。我們很久沒像那樣認真吵架了，這好像讓我對很多事都變得太過敏感……」

……這我沒聽說。

我之前明明有兩小時都跟秋玻在一起，她卻完全沒提起這種事情。

而且我根本無法想像。

心胸開闊的春珂，居然會跟沉默寡言、個性平穩的秋玻吵架……

到底是什麼原因讓她們吵架了？

不，更重要的是……

「……雙重人格也會吵架嗎？」

「會，可是跟普通人的吵架方式好像有些不一樣……」

「有什麼不一樣？」

「方法有很多種，我們這次是各自把話寫在筆記本上，結果就吵起來了……」

「……這樣感覺很花時間啊。」

居然要隔兩小時的時間輪流寫信吵架……

在等待對方回話時，心情應該會非常煩躁吧。

「就是說啊～～……呼啊啊……」

春珂點點頭，用手掩著嘴巴，大大地打了個呵欠。

「所以我們兩個昨天幾乎都沒睡覺……」

「……真的假的？」

原來如此，這就是她的身體狀況從早上開始就很差的原因嗎……

「真的。可是你放心，我並不覺得難受……而且我們吵架的內容也不是什麼大事，你不用放在心上……」

「……我明白了。」

話雖如此，我還是有些在意。

秋玻肯定有刻意避免提到吵架的事。

所以她們吵架的內容……八成不能隨便告訴我。

……可是——

「——很好！票買好了！我們先去打籃球吧！」

「……謝謝。那我們走吧。」

說完，春珂趕緊改變表情。

現在比起那種事，我更應該好好協助春珂。

讓她可以在這裡玩得盡興，同時變得能靈巧地活動身體。

*

現在是週末的下午。

設施裡擠滿了像我們這樣的高中生與大學生團體，還有出來遊玩的小家庭。

我們鑽過人群，幸運地占了沒人使用的籃球場。

還辦起二對二的比賽。

隊伍配置是……由須藤修司隊對上矢野水瀨隊。

考慮到隊伍的實力差距，這應該不是最好的組合，但他們兩個似乎是為我著想才會這麼做。

只不過——結果卻讓比賽一面倒。

「秋玻！交給妳了！」

「好……啊，對不起！」

我把球傳過去——站在籃框底下的春珂卻漏接了。

為什麼春珂會不斷出現這種小失誤呢？

我原本是想盡可能給她表現的機會。

讓她待在籃框底下等球，我再盡量把球傳過去。

我打算讓她負責搶籃板和投籃。

可是……她果然還是會緊張吧。

儘管演技比以前好，偶爾還是會露出缺乏自信的眼神。

「奇怪～～？秋玻，妳怎麼了！妳上體育課的時候明明打得更好啊！」

「……要不要重新檢討一下隊伍配置？」

喜歡運動的兩人似乎無可避免地察覺到了異狀。

「我看乾脆讓修司對上我們所有人吧！這傢伙長這麼高，實在太卑鄙了～～！」

「啊哈哈，我沒意見。」

「是、是喔？那就這麼做吧……」

於是，我們改成由打過籃球的修司對上我們三人的一對三比賽。

這次就打得有來有往了。

就算是修司，在一次對付三個人的情況下，似乎也陷入了苦戰。

我們一點一點地從他手中得分，使得那張露出爽朗笑容的臉龐流下汗水。

這場勢均力敵的比賽，讓須藤和我都忍不住沉醉其中。

然而，春珂——即使露出享受比賽的表情……

面對那些無可避免的失誤，仍會不時露出焦急的神色。

＊

「嗯～～我就是打不到球耶～～……」
自從我們來到這裡，已經過了一個小時左右。
為了做些沒那麼激烈的運動，我們來到棒球打擊練習場。
春珂心灰意冷地垂下肩膀。
「這果然很打擊信心……要是我繼續搞砸，情況可能就不妙了……」
在不遠的打擊區裡，修司與須藤正發出輕快的揮棒聲。
在這裡的話，不管我們聊什麼，他們應該都聽不到吧。
春珂手拿球棒，站在打擊區裡。
投球機發出一顆直球。
春珂軟弱無力地揮出球棒——卻揮了個空。
「嗚嗚嗚～～怎麼辦……」
她用快哭出來的表情這麼說，然後失望地垂下肩膀。

——就算看起來很慘，她已經比十分鐘前進步了些。

剛開始的時候，因為害怕飛過來的球，她甚至沒辦法站上打擊區。

即使勉強克服了這一關，她還是抓不到揮棒的時機，也搞不懂擊球的姿勢。問題堆積如山。

因此，能在這麼短的時間內進步這麼多，我認為果然是因為她的天分不錯。

而我不得不解決的問題——

「如果連人這麼少的時候都做不好，上體育課時就更不可能做得好了……」

就是每次失敗都會讓她的心情越來越低落。

我站在旁邊的打擊區思考。

該怎麼做才能讓她對自己有信心？

我有辦法讓她不再緊張，徹底發揮自己的實力嗎……

然後……我靈光一閃。

「……對了……」

我看向畏畏縮縮玩著球棒的春珂。

「仔細想想，那個……就算妳棒球打不好，好像也沒問題。」

「……咦？為什麼？」

「之前午休的時候，我們聊過。因為須藤相當喜歡職棒，就問秋玻有沒有喜歡的球隊，結果她說她完全沒在看棒球比賽，而那也是她唯一不擅長的球類運動。」

「……真的嗎？我確實沒跟她聊過棒球，可是……」

「果然是這樣。雖然她好像喜歡球類運動，但棒球比其他球類運動特殊不是嗎？一下子用球棒打擊，一下子又要跑壘……好像讓她抓不到要領，無論如何都打不好。」

「哦……原來有這種事啊……」

「所以，妳在這裡可以不用那麼努力。妳就當作是在休息，隨便打打就行了。我想妳應該也累了吧。」

「這樣啊，說的也是……」

春珂說著輕輕呼了口氣。

「如果是這樣，那我就別那麼逞強，隨便打打就好吧……」

我點點頭，也開始隨意揮棒。

按下投球機的按鈕，在練習揮空棒的同時……觀察春珂的狀況。

前三球，她都跟之前一樣揮棒落空。

而第四球——

「哇！」

——她的球棒第一次碰到球，把球打到其他方向。

「妳還好吧？有沒有被球打到臉？」

「嗯、嗯，我沒事。對了，你看到了嗎？我剛才打到了耶！」

「嗯，我看到了。」

我對她露出笑容——一邊裝沒事地回到自己的打擊區。

——春珂後來的進步幅度十分驚人。

打擊率轉眼間就有所提升。

安打變多了。

擊球距離也變遠了。

然後——

「啊，打到了！矢野同學！我打到二壘安打的看板了！」

還不到十五分鐘，她就練到可以穩定打出長打了。

「哦～～……妳真厲害。」

老實說，這遠遠超出我的想像。

雖然我覺得她可能會有所進步……卻沒想到會進步這麼多。

這種程度已經毫無疑問比我好了吧。

差不多是時候說出真相了。

「……春珂，我可以問個問題嗎？」

我看著手指著二壘安打看板微笑的春珂，如此問道：

「如何？妳現在稍微有自信了嗎？」

「嗯！想到連我都能打得這麼好，我就超級開心！」

「這樣啊，那就好……不過，有件事我必須向妳道歉……」

「嗯？」

「我剛才說秋玻不擅長打棒球……其實是騙妳的。」

「……咦？那些話是騙人的嗎？」

春珂一手拿著球棒，訝異地睜大眼睛。

「嗯，我從未聽秋玻說過那種話。我猜棒球應該也難不倒她吧。可是，我是這麼想的。妳可能是因為一開始就給自己訂下很高的標準，才會遲遲無法做好。所以，只要暫時拿掉那樣的標準，讓妳放鬆心情去做……或許就能發揮實力了。」

不管是在小說、電影還是漫畫裡，這不都是老哏了嗎？

——絕世天才作曲家與一本正經的宮廷樂長。

——資優生哥哥與劣等生弟弟。

——傳說中的勇者與師出同門的平凡魔法師。

當面對過高的標準時，任何人都無法不受到其影響。

無法不嫉妒、不因此走偏、不失去自信。

即使本人也有著出色的能力亦然。

春珂的情況可能也類似這樣。

因為秋玻不管做什麼事都很出色，春珂便替必須變得更接近她的自己設下了過高的標準。

既然如此——如果暫時拿掉那樣的標準……

即使是用謊言讓她忘記——她應該也能發揮出自己原本的實力吧？

「……的確。」

春珂邊說邊注視著自己的手掌。

「總覺得……我好像可以正常打球了。」

「是嗎？那就再試著打擊看看吧。我想，妳現在應該打得跟秋玻差不多好了。妳只要放輕鬆打就行了。」

「嗯……我試試看。」

說完，春珂回到打擊區裡，按下投球機的按鈕。

前兩球都是揮棒落空。

可是——她似乎很快就找回感覺了。

下一球她打出強勁的二壘平飛球，再下一球則是左外野飛球。

接著——她又敲出飛往三壘安打看板附近的長打。

然後就在這時……

「——哇，秋玻好厲害！」

須藤的聲音就在這時從走道那邊傳來。

轉頭一看——修司跟她好像已經打完，把球棒與頭盔都還回去，才會過來查看我們這邊的情況。

「剛才那一球是不是超強的！那是秋玻打的對不對？」

「妳居然用那麼細的手臂揮出那種安打……」

須藤與修司似乎是發自內心感到佩服。

春珂斜眼偷看他們的反應。

——結果到底會是如何？

真正的難關肯定還在後面。

在我面前，春珂成功克服了缺乏自信的問題。

那……在班上同學面前行不行呢？

她有辦法在身為其代表人物的須藤等人面前打到球嗎——

第一球——球棒發出清脆的聲響，只稍微擦到球。

界外球。

第二球——揮棒時機有些沒抓好。

好球進壘。這樣就兩好球了。

然後是第三球。

春珂看了我一眼，微微一笑——然後抓準球進壘的時機揮出棒子。

——清脆的聲音響徹周圍。

被擊中球心的球筆直飛向右外野。

「哇，好厲害！」

「真的耶！她打中了！」

——球漂亮地擊中三壘安打看板。

「……太好了。我打到了。」

春珂回過頭來，對著我輕輕握拳。

「因為須藤同學他們在看，害我有些緊張了呢——」

*

——在那之後。

我們再次會合，一起玩了幾種運動。

室內足球、網球、高爾夫球還有迷你摩托車——

春珂有參加的項目是室內足球，迷你摩托車則是中途參加。

雖然中間這段時間出現的都是秋玻的人格——但至少兩人對調的時候沒讓須藤他們起疑心。

當然，春珂在這些運動項目中都做了不少蠢事。

剛開始時會跌倒，也會失誤。

可是，學會懷著自信運動的春珂總是進步神速，很快就能展現出靈活的身手。

這麼一來——

她今後上體育課時肯定也不會畏首畏尾了吧。

剛開始可能會失敗，但應該能自己從中找出進步的方法。

因此，春珂想讓自己更接近秋玻的目標——這樣就幾乎算是達成了。

＊

「——我一直想坐一次這個耶～～！」

我們坐在緩緩上升的纜車裡面。

春珂看向玻璃另一側的東京街景，興奮地叫道。

「哇～～我有多久沒坐摩天輪了……總覺得有點緊張……」

她說著這些話時的側臉，被底下商業設施的燈光照得閃閃動人。

窗外的景色正從黃昏轉為夜晚，西方天空的橙色與東方天空的藏青色，把雲上的紋路染出複雜的色彩。

我們是在下午六點前離開遊樂設施。

太陽也差不多要下山了。

因為我們玩了將近六小時，大家都累壞了。

我們原本計劃晚餐前回家，便決定要在最後搭摩天輪，現在才會來到這裡。

「……對不起，沒能讓你跟秋玻一起坐摩天輪。」

春珂露出猛然驚覺的表情後，說出這種話。

「難得有這麼浪漫的景色，卻偏偏是我現身，真的很抱歉……」

「妳在說什麼傻話啊。」

她那充滿歉意的表情讓我忍不住笑出來。

「妳也是我重要的朋友，我才不會在意這種事。而且今天真的玩得很開心……」

「嗯，我也玩得很開心～……啊，那個……！」

就在這時，春珂突然看過來，在座位上重新坐好。

「今天真的很感謝你！多虧有你的幫忙，我知道該怎麼拿出自信了。託你的福……我覺得自己今後不會有問題了。」

「這樣啊……那就好。」

「那個，我真的非常非常感謝你！」

春珂緊緊握著手，不知為何拚命地如此主張。

「這是我第一次跟朋友出來玩，也是我有生以來最快樂的經驗……而且你還把我的煩惱解決了……我真的不知道該怎麼感謝你……」

「妳不需要這麼客氣。只要妳今後繼續幫忙撮合我和秋玻就行了……」

「……真的只要這樣就夠了嗎？」

「這樣就夠了啦。我們不是同伴嗎？因為我們都想成為一貫的人。」

「……同伴……」

聽到我這麼說，春珂把探向前方的身體拉回座椅上。

然後——

「……那個，有件事一直讓我很在意，我可以問嗎？」

「嗯。」

「矢野同學，你討厭扮演角色的自己對吧？就是因為這樣，你才會關心我的事，對不對？」

「嗯，可以這麼說。」

「可是，我……」

春珂抬起頭，用認真的表情看著我。

「我不覺得你扮演角色有那麼不好。不同於雙重人格，那有一部分也是為了讓周圍的人能夠幸福。須藤同學也好，修司同學也好，班上其他同學也好，都因為你的努力而得到了歡笑……」

「……真的是這樣嗎？」

我嘆了口氣後，搔了搔頭。

「我可沒辦法這麼想。我總覺得自己在騙他們，有種做壞事的感覺……」

「我想也是……而且就是因為會這麼想，你才會一直扮演角色……這其中──」

稍微停頓一下後，春珂畏畏縮縮地開口：

「……難道有什麼理由嗎？」

「……理由？」

「就是明明討厭卻一直做著那種事的理由或契機……」

就在這時，她突然露出慌張的表情。

「啊！對不起！我不該問這種奇怪的問題！要是你不想回答，就不用回答了！」

「不，那倒是無所謂……至於妳說的契機……」

對於「扮演角色」這種事，我確實抱著過剩的罪惡感。

但原因又是什麼？

此外，為什麼我明明這麼抗拒這種事卻還要一直偽裝自己呢？

「嗯，我也不是沒有頭緒……」

「……可以告訴我嗎？」

「嗯，沒問題。」

然後我開始把至今從未告訴任何人的國中時代的事情，從頭到尾告訴春珂。

「我原本是個對扮演角色這種事一竅不通的人。」

「嗯……」

「捉弄者角色、被捉弄者角色、搞笑角色、吐槽角色、虐待狂角色、被虐狂角色、阿宅角色、不良少年角色……大概到了國中一年級，我們班也開始出現這樣的人物。可是……一個人的性質原本就不能這麼簡單地區分或是貼上標籤吧？然而，大家卻那麼輕易就把自己和別人貼上標籤，還一副理所當然的樣子。我就是無法理解這種事。」

電視上的諧星都在扮演這些角色，這我當然可以理解。為了製造笑料，他們明確分出彼此的任務，扮演這些角色。

虛構故事裡的登場人物也一樣。

透過賦予人物特定的角色，就能讓角色關係變得明確，更容易創造故事的起伏。

可是——我們並不是諧星，更不是故事裡的登場人物。

然而，為什麼我們要不惜壓抑自己也非得扮演角色不可呢？

春珂一臉認真地聽著。

「而更讓我無法理解的是——根據這些『角色』本身的設定來決定一個人能做或不能做哪些事的風潮。捉弄者角色不管要怎麼欺負被捉弄者角色都行，被欺負的一方甚至應該對此感到高興；那傢伙說話不客氣是因為他是毒舌角色，別人不能對這點有意見；因為笨蛋角色說的全是蠢話，所以可以拿來開玩笑——我無法理解這種事情，我只覺得事情不該是這樣的。」

當時我只是隱約覺得不對勁。

沒辦法像現在這樣明確說出自己的想法。

即使如此……不，正因如此，我才會強烈地抗拒那種事情。

「所以——某一天，我試著抗議了。當時，班上有個『虐待狂角色』一直對『被捉弄角色』說出過分的話，我便問他為什麼要做這種事。我還說：沒人會因為扮演被捉弄角色就不會受傷，你那些過分的話語並不能因此得到寬恕吧？再說，那些被說是『被捉弄角色』的人之中，好像也沒人會真的因為被捉弄而感到高興。」

「結……結果怎麼樣……？」

春珂倒抽一口氣，握緊拳頭如此問道。

「難不成……你們吵架了？」

「對方的反應並沒有妳想的那麼激烈。我記得那個虐待狂角色當時好像只隨便罵了我幾句，事情就這樣結束了。」

光就我記得不是很清楚這一點，就能確定當時應該沒發生什麼大事。

我的話語只有讓平靜的水面掀起一點波紋，還讓一些水濺到自己身上而已。

「可是……」

「……可是什麼？」

「總覺得在那之後，大家就開始疏遠我了。雖然他們沒有明說，也沒有表現在態度上……但我就是覺得自己漸漸被疏遠了。」

我反倒清楚記得他們這種反應。

我不是很清楚到底是什麼事情改變了。

可是，大家看我的視線與對我說的話，總讓我覺得有點冷漠。

原本與我親近的朋友們也在不知不覺間有了距離。

感覺像是教室裡的溫度突然開始降低一樣。

「……是那個虐待狂角色叫大家那麼做的嗎？」

「我想應該不是。大家應該都是主動那麼做的吧。因為真要說的話，我當時的舉動等於在反抗班上的共犯結構。所以，我覺得他們那麼做並不是對我懷有惡意，而是單純因為我變成難以融入他們的人了。」

「這樣啊……」

春珂的表情暗了下來，深深嘆了口氣。

「原來……還有這種事情……」

「然後，雖然我現在會這麼想，但當時……嗯，還是受到了不小的打擊。」

我想用輕鬆的語氣說這些話，心情卻好像還是寫在臉上了。

春珂擔心地看向我。

「……以前每天跟我一起聊天說笑的傢伙們變得只敢遠遠望著我；原本與我關係不好不壞的傢伙們則變得有些無視我的存在。對於那樣的處境……老實說，我很難過。我發現原來自己的想法並不管用。對大家來說，比起我的想法，互相看對方臉色更重要。而我切身體會到的這件事……真的讓我很痛苦。」

春珂皺起臉，緊咬下脣。

即使如此，她還是用開始泛淚的眼睛默默望著我。

「然後，利用升上高中的機會，我不再堅持自己的想法，試著扮演一下角色，結果人際關係真的變好了。我能讓朋友笑出來，也能讓對話順利進行……嗯，這麼做確實曾經讓我感到快樂。」

可以跟須藤與修司變成朋友，應該算是最大的收穫吧。

照理來說，我並不是能跟他們那種受歡迎的出色人物變成朋友的人。

我可以像現在這樣跟他們一起出來玩，都是因為我偽裝了自己。

都是因為我放棄自己的理念，學會迎合別人。

而且……這讓我不會傷害到任何人。

這應該就是我能做的最好的選擇——

「……即使如此……」

我把頭靠在窗戶玻璃上，看向開始點亮的東京燈火。

「我無論如何都無法不去懷疑這麼做是不是錯了，無法停止厭惡那個虛假的自己。我無論如何都想做個一貫的人，不想扮演什麼角色……」

說完，我將視線移向春珂。

她露出泫然欲泣的表情，默默注視著我。

「……所以當我看著妳時，還是會想幫妳加油。」

「嗯……」

「我希望像妳這樣的女孩能夠得到幸福，也希望妳能實現那個願望。」

「……原來如此。」

聽我說完，春珂像是剛吃飽般深深呼了口氣。

「原來你曾經遇到那種事情……才會幫助我……」

「嗯……」

「這樣啊……嗯，謝謝你……你願意告訴我這些，我真的很開心。謝謝你……」

「那是我要說的話。謝謝妳聽我說這些。」

——沉默籠罩了我們。

從遙遠的下方傳來音樂的聲音。

風聲環繞著纜車，我看向窗外。

把內心話告訴重要的朋友令我感到歡喜。即使知道真正的我，她對我的態度也肯定不會改變。我心中有這種幸福的確信。

說不定……這種關係就是所謂「真正的朋友」。

那是一種可以對彼此說出真心話，並且互相接納的關係。

既然這樣，春珂就是我第一個交到的真正的朋友了——

這種朋友就在眼前的歡喜，以及能如此看待某人的幸福，讓我有種飄飄然的感覺。

所以——

「……欸——」

就在纜車正好抵達摩天輪的頂點時……

她說出了一句令我無法理解的話——

「……我們來接吻吧。」

「…………啥？」

經過漫長的沉默後，我只能從嘴裡發出這種愚蠢的聲音。

「……啊，抱、抱歉！我不是那個意思！」

春珂露出現在才發現自己說了什麼的表情，慌張地開始解釋。

「……那個，我知道這麼做不太好……！但我的身體也是秋玻的身體！雖然是在我出現的時候，還得瞞著秋玻……但用這副身體跟你做那種事，那個……大概是我唯一能給你的謝禮……」

「……呃、呃，我不是那個意思！妳怎麼突然說要……接……做、做那種事……」

「因、因為……！」

也許是習慣吧。春珂再次握緊拳頭，加重了語氣。

「因、因為我希望你能得到幸福！」

「……幸福？」

「嗯……」

春珂點點頭……用認真的表情看著我。

「我覺得你剛才說的煩惱非常溫柔。正因為你是這種人，我才能得到幫助。所以，身為朋友……我希望你一定要得到幸福，希望你能遇到很多好事……」

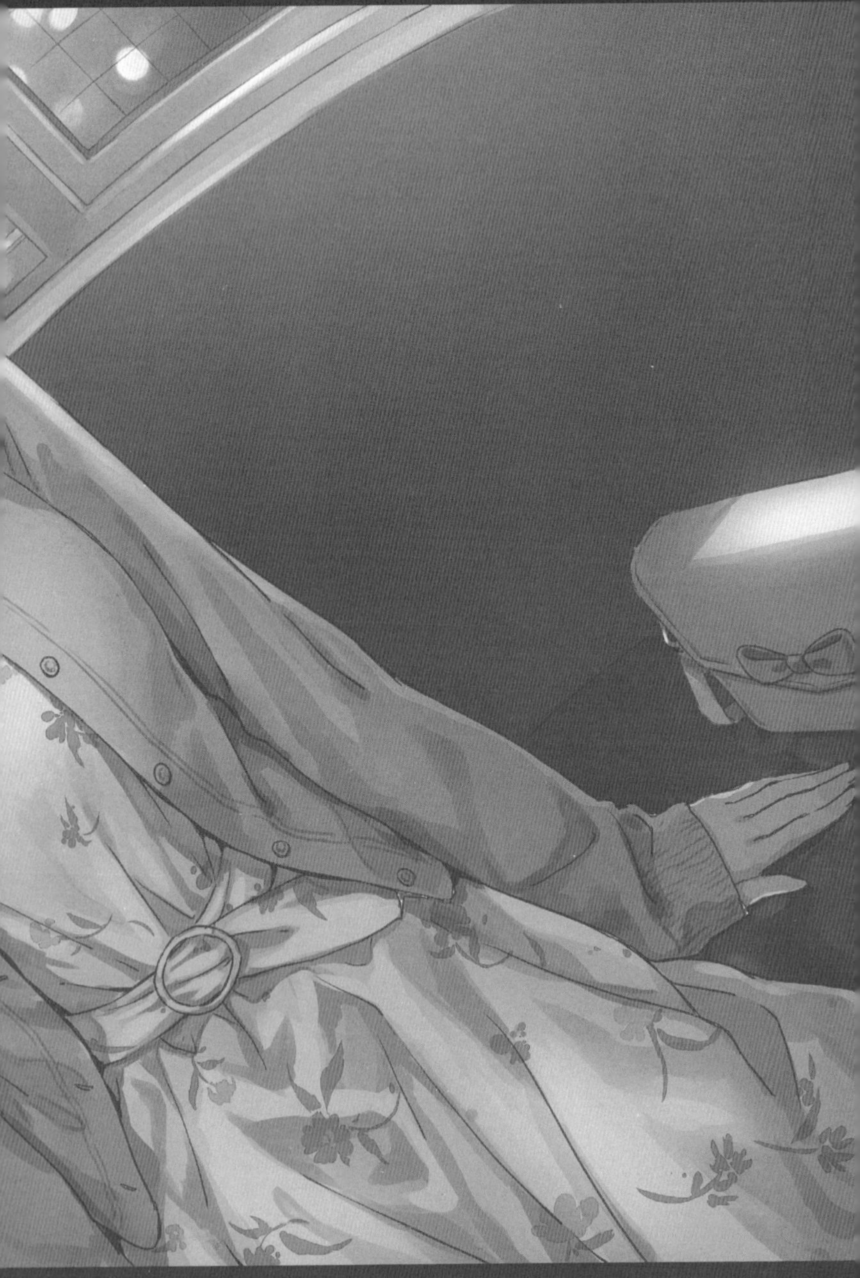

「……謝謝妳。」

「然後我就思考自己能為你做些什麼……因為幫忙撮合你跟秋玻是一定要的，如果還要為你做更多……」

說到這裡，春珂將視線移向窗外。

「我就想到自己的身體也是秋玻的身體……這大概是我唯一能給你的謝禮了……」

她再次將視線移向我。

然後——用比剛才堅定的語氣說：

「所以……我們來接吻吧。」

說完——春珂緩緩閉上眼睛，稍微抬起頭。

臉頰逐漸染上桃紅色。

纖細的身軀彷彿要接納一切般逐漸放鬆。

——遠方的東京夜景閃閃燈火照亮了春珂的臉龐。

看起來比秋玻稚嫩而細緻端整的五官。

她應該擦了護唇膏吧。薄薄的雙唇水嫩飽滿——映著腳底下的燈火，看起來跟銀河一樣閃閃發亮。

——面對這幅光景，我的心臟像是全速奔跑的馬一樣狂跳不已。

明明還是入夜後會變冷的時節，全身上下卻冒出了汗水。

——這還是頭一次有女孩子對我說這種話。

在此之前，我也跟普通人一樣有過喜歡的人，也曾經跟普通人一樣想要告白。

可是我從未付諸行動，也從未有人對我這麼做。

所以——對我來說，這還是第一次有人明確地向我示愛。

而且對方還這麼可愛。

如果只看外表，眼前的春珂就跟我單戀的秋玻一模一樣。

即使無視這點，我也覺得水瀨春珂是個可愛的女孩。

不過，因為我們是朋友，我不太會意識到這件事。

她個性謹慎，心地善良，外表也非常漂亮。

她這讓人意想不到的提議有著難以抗拒的吸引力，讓我有種想隨波逐流的衝動。

——可是……

「……不，我覺得……這麼做可能不太好。」

我拚命壓下心中的慾望，好不容易才如此回答。

春珂猛然睜開緊閉的雙眼。

「呃，嗯……我很高興妳能這麼想，妳的心意我也非常感激，可是……我覺得那種事情……必須在完成必要的階段後才做，而且……我總覺得這樣有點卑鄙……」

「……說、說的也是！對不起！」

春珂露出猛然驚醒的表情，像要收回剛才的話一樣使勁揮手。那張臉也誇張地逐漸染紅。

「我說了奇怪的話。那個……嗯，這樣果然不行吧……感覺太對不起秋玻了。」

「是、是啊……而且那麼做也對不起妳吧。跟自己不喜歡的男生做那種事……我覺得妳應該更珍惜自己的身體才對……」

「……嗯，你說的對。」

不知為何，她突然含糊其詞。

「我覺得事情就像你說的那樣……可是……」

「可是什麼？」

「我想……我應該不討厭跟你接吻。」

……我完全說不出話。

感覺一不小心就會對這句話產生誤會。

好像會擅自揣測她那不曾有過的心意。

春珂是我重要的朋友。

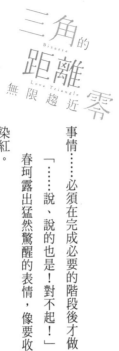

正因如此，我不想誤會她的心情或是做出自以為是的解釋。

「……抱歉，我什麼都沒說，忘了吧。」

春珂說著微微一笑，望向窗外。

「嗯……好像已經結束了。」

「……真的耶。」

當我回過神時，纜車的高度已經降低許多，就快抵達乘車處。

然後，她有些寂寞地瞇起眼睛。

「……差不多要跟秋玻對調了。」

「嗯……」

經她這麼一說，我才發現時間居然過得這麼快。

因為今天一整天轉眼間就結束了，讓我覺得她們兩人對調的速度莫名地快。

「……真是快樂的一天。我玩得……非常開心。」

春珂像是要把回憶深深刻在心裡一樣，小聲地如此呢喃。

這樣一來，春珂今天的「出遊」就結束了。

這女孩翹首企盼的特別日子，再過幾分鐘就要結束了。

想到這裡，我就覺得莫名感傷。

「……下次再來吧。」

依然有些難為情的我如此提議。

「不管是明年、畢業後，還是出社會以後都行……我們大家再一起來玩吧。」

聽到這句話，春珂瞇起了眼睛。

「……也對。」

然後揚起嘴角微微一笑。

「希望——下次還有機會。」

不知為何，那表情……看起來有些悲傷。

畢竟下次回過神時就回到家了，也許這讓她感到有些寂寞吧。

「那明天見吧。」

「……嗯。」

我點頭道別後，春珂微微一笑，稍微低下頭。

過了幾秒後——秋玻緩緩抬起頭，環視周圍。

「……摩天輪。」

她用夾雜著嘆息的聲音如此說道。

「嗯。如果妳早點回來，說不定就能看到景色了……真是遺憾。」

「是啊，不過這也沒辦法……」

說完，秋玻突然在椅子上扭動身體——露出彷彿發現異狀的表情。

「……怎麼了？」

「……不，沒什麼。」

秋玻不太開心地說出這句話，輕輕嘆了口氣，再次將視線移向窗外。

*

「——那可是夜路喔！而且還是秋玻這樣的美少女喔！不能讓她一個人走吧！」

因為須藤這麼說，我跟秋玻便一起踏上歸途。

我們從大馬路走進住宅區的一條小路。

沿路的民宅不時傳來鋼琴聲、電視聲與居民的交談聲。

不知為何……我在自己家裡明明也是過著這種生活……

但是像這樣在夜晚的街上，隔著民宅的牆壁與窗戶聽到這些聲音，讓人感到心中非常苦悶。

或許一輩子都不會有交集的人們的生活。

或許一輩子都不會有交集的人們的一晚。

這些東西會莫名地打動我，應該是因為秋玻在我身邊吧。

因為我愛上的女孩就在身邊。

我走在河畔的道路上，偷偷看向她。

就在大約一個小時前，她才用那雙嘴脣問我要不要接吻——

我無論如何都無法不去在意，心情浮躁不安。

要是我當時吻了她，到底會怎麼樣呢……

還有，那又會是什麼樣的感覺……

「——要是有機會就親下去吧！狠狠地親下去喔！」

當我們準備回家時，須藤還這樣交代我，讓我的心實在靜不下來。

雖然我很佩服須藤在這種時間點說出這種話的感性……

「……今天真的很感謝你。」

秋玻小聲地向我道謝。

「春珂應該也很開心吧。矢野同學，我覺得有你在真是太好了。我想對她來說，你應該是第一個真正重要的人。」

「我也希望是這樣……」

「今後應該也不會有什麼問題了吧。那孩子肯定會完美地扮演我，讓人感覺不到春珂的存在……」

「……是啊。」

——在應聲的同時……

我發現心中再次浮現出疑惑。

彷彿有什麼事情搞錯了。

感覺像是明明走在正確的道路上，卻來到不知名的城鎮，令人心慌意亂。

回過神時，我和秋玻已經來到水瀨家門口。

「……欸。」

「嗯？」

她背對公寓大樓，轉身看了過來，下定決心似的仰望我——

「你跟春珂之間……發生什麼事了？」

「……咦？」

——我的反應慢了半拍。

我不明白這個問題的前因後果。

「矢野同學……你跟春珂之間發生什麼事了？」

……這個問題到底是什麼意思？

為什麼她會突然問這個……？

我不知道答案。雖然我不明白秋玻的意圖……但腦海中閃過春珂的臉，讓我的心跳漸漸加快。

然後，秋玻注視著我的雙眼，繼續說下去——

「比如說……在摩天輪發生的事。」

——我心中的動搖肯定寫在臉上了。

「你不是跟她兩人獨處嗎？」

「這個嘛……」

「什麼事情都沒有發生嗎？」

「……是這樣沒錯啦……」

不明所以的罪惡感向我襲來，讓我試圖蒙混過去。

可是，秋玻用她漆黑的眼睛看著我。

用那雙映著銀河的眼睛，像要看透一切似的注視著我——

「……你們接吻了嗎？」

——我沒辦法辯解。

秋玻應該不曉得當時發生的事情才對。

我跟春珂都沒有把她曾經說過「我們來接吻吧」這句話告訴別人。

就連須藤與修司也應該沒發現曾經發生過那種事情。他們兩個完全沒有表現出那種反應。

然而——不知道為什麼，秋玻似乎看穿了一切。

總覺得我當時感受到的不誠實的悸動被她發現了。

這讓我沒辦法好好回答這個問題。

「……是嗎？」

也許從我的表情看出了什麼。

秋玻——看起來非常難過地皺起臉。

細長清秀的眼睛泛淚，潤濕了眼眸中的銀河。

雙頰微微泛紅，表情也很僵硬，雙手像是要抓住救命稻草般抓著衣襬。

然後，對著看到這幅光景而深受震撼的我……

對著在這強烈情感面前無所適從的我——

「……對不起。」

——她像是要招認自身罪過般如此說道。

「我一定會……害這一切全都毀掉。」

第四章 Chapter.4

扔在芒草中的鏡子

Bizarre Love Triangle
三角的距離無限趨近零

——我是在隔天上午才發現異狀。

「……奇怪？」

現在是第一節課結束的休息時間。

看著坐在前面第三個座位上讀書的秋玻——我心中有個小小的疑惑。

「……為什麼現在是秋玻出現？」

——即使春珂扮演秋玻的演技進步了，我還是能隱約分辨出當時出現的人格。

當然，絕大多數的人應該只會覺得她是「水瀨秋玻」吧。

不過，我能從一些習慣的表情、小動作和語氣找出秋玻與春珂的不同之處。而我對準確度也相當有自信。

然後，這段時間原本應該是春珂要出現。

就在大約五十分鐘以前，她才剛在上課前跑去廁所，換成春珂回來。距離下次換成秋玻應該還有一段時間。

「……是我搞錯了嗎？」

難不成是我區別她們兩人的能力變差了？

畢竟春珂在台場找回了自信，她的演技進步幅度也可能超出我的預期……

「……如果是這樣，那就沒辦法了……」

——我一定會……害這一切全都毀掉。

昨天晚上秋玻說的話，我至今依然沒能搞懂。

害這一切全都毀掉是什麼意思？為什麼這一切會全都毀掉？

更重要的是，我完全不明白她為何問我：「你們接吻了嗎？」

……話雖如此——

事到如今，我也不可能問秋玻那句話到底是什麼意思。

所以我才想在今天之內找春珂商量一下，可是……

「……不過，反正還有機會。」

抬頭仰望時鐘後，我重新這樣告訴自己。

距離放學還有將近六個小時。

在此之前，跟春珂說話的機會應該多的是吧。

我獨自嘆了口氣，把手放進桌子抽屜，開始準備上第二節課——

然而——在繼續觀察她的同時，我心中的疑惑逐漸變成確信。

「……人格這麼快就對調了嗎？」

在上第四節課的時候，秋玻低下臉，偷偷跟春珂對調——

果然，不管怎麼想，對調的時間點都很奇怪。

相較於跟以往一樣維持人格將近兩小時的秋玻……就只有春珂似乎還不到一小時就得跟秋玻對調——

「……喂。」

「……嗯？什麼事？」

午休時間結束，第五節課也下課了。

我總算在走廊角落等到從廁所回來的春珂。

周圍明明沒有別人，保險起見，春珂還是扮演著秋玻。

不過，我已經連帶她去社辦的耐性都沒有，開門見山就問：

「春珂，妳的人格出現的時間是不是縮短了……？」

「……噢。」

春珂一臉困擾地皺起眉頭。

「……啊哈哈，你發現了？」

說完，她小聲笑出來。

「嗯，從昨天晚上……開始好像就變成這樣了……」

「……真的假的？這樣沒問題嗎？」

自從我認識她們，這還是頭一次發生這種事情。

雖然人格對調的時間點曾變過，但兩人出現的時間都是一樣多的。

現在卻出現這樣的差距，總讓我有種不好的預感。

「我想應該沒問題吧……」

可是，春珂臉上連一點危機感都看不到。

「反正人格對調的時間以前也常改變……」

「……曾經有過兩人的出現時間不一樣長的狀況嗎？」

「嗯。我記得好像有……」

「這樣啊……」

雖然嘴上這麼說，但我心中的疑惑反而越來越深。

不知為何，春珂冷靜到不太自然的地步。

難不成她有事情瞞著我……？

她是不是其實有感覺到自己身上發生了異狀……？

然而，我還來不及開口證實——

「……啊，抱歉。好像快上課了。」

春珂就一邊看向手錶一邊如此說道。

「我們回教室吧，要不然會遲到喔。」

「……啊，嗯。」

我點頭同意後，跟春珂並肩走回教室。

然後——我很快就會知道，我在這時感受到的不安並不是我想太多。

＊

「——因此，讀這個時代的小說時把重點擺在『近代的自我』或許會很有趣。」

儘管是下午的課，教室裡卻找不到正在打瞌睡的學生。

與其說是因為這個班上的學生勤勉好學，在講台上講課的人是現代文學講師——千代田老師才是更重要的原因吧。

「或許在現代人眼中只會覺得主角是個差勁至極的不誠實的男人，我自己在高中時代閱讀《舞姬》時也看得相當生氣。不過，自從學到『近代的自我』這個概念後……

不，果然還是不行。就算是這樣，我無論如何都無法喜歡豐太郎這個人。」

學生們小聲笑了出來。

從去年開始擔任我們班導的千代田老師，今年二十七歲。

以學生的觀點來看，她給人的印象大概就是「身材嬌小又神祕的前文學少女」吧。

話雖如此，她一點都不會難以親近，上課內容淺顯易懂，又懂得替學生著想，所以基本上是被當成「明白事理的美女老師」對待。

據說她正準備跟交往多年的男友結婚。

聽到這個傳聞的少數男學生好像還因為大受打擊而不來學校了。

「那我們就從下一段讀起吧……麻煩這一排的同學們按照順序開始朗讀。」

千代田老師說完，指名要靠近走廊這一排——也就是我跟秋玻在的這一排學生負責朗讀。

這時她還偷偷瞄了秋玻一眼……這肯定不是我的錯覺吧。

看來千代田老師很關心身為轉學生的秋玻。

我經常看到她在班會的空檔與課堂間的休息時間向秋玻搭話，她還曾經跑來找我、須藤和修司打聽秋玻的狀況。

所以——她會像這樣點到秋玻，其中或許有某種意圖。

坐在最前面的學生站起來，結結巴巴地開始朗讀。

我抬頭看向秋玻的座位，發現現在出現的人格似乎是春珂。

因為剛才在走廊上跟她說話時，她好像才剛調換人格……距離秋玻出現應該還有一段時間。

準備接著朗讀的春珂看起來也毫不緊張。

學生朗讀過一定長度的文章後，千代田老師便會下達指示，叫後面的學生接著唸。

在故事裡，豐太郎一臉憔悴地在街上徘徊。

然後——

「——好，到此為止。接下來是水瀨同學，麻煩妳了。」

「好的。」

總算輪到春珂了。

「——現在是一月上旬的夜晚，林登大道上的酒家與茶館似乎依然熱鬧非凡，但我一點都想不起來了——」

教室裡響起悅耳如鈴的聲音。千代田老師開心地看著春珂。

不久前，每當遇到這種狀況，春珂總是唸得結結巴巴。

就連在社辦，她也不曉得練習朗讀多少次了。

可是——現在的她唸起課文一點都不拖泥帶水。

旁人應該無論如何都分不出她跟秋玻吧。

「——腦海中只剩下『我是罪無可赦的罪人』這樣自責的想法——」

我一邊享受春珂的聲音，一邊低頭看向手邊的課本。

因為遲早會輪到我朗讀，我想趁現在推算一下自己可能要唸的地方——

可是——

「——在四樓的閣樓裡，愛麗絲應該還沒入睡——」

——就在唸到這裡時，春珂突然閉口不語。

不自然的沉默突然籠罩教室。

我反射性地抬起頭，從椅子探出身體，往春珂看過去——

看到她的表情——我愣住了。

——「感情從她臉上消失了」。

那是有如做得不好的人偶完全看不出情感的表情——

——人格對調了。

在這個時間點——人格開始對調了。

然後，下一瞬間——

她臉上寫滿了驚愕之情。

剛完成人格對調的她——秋玻抬起頭，將視線從課本移向周圍——試著搞清楚目前的狀況。

心中的焦急讓她板起臉孔。

而且睜大雙眼，愣住不動——

「……水瀨同學？」

也許是察覺異狀，千代田老師的語氣變得嚴肅。

「怎麼了……？是不是身體不舒服？」

「不，我只是……」

秋玻含糊其詞。

一道冷汗滑過蒼白的臉頰。

一陣低語聲在教室裡擴散開來。

而她只能無能為力地緊咬下唇——

「——啊，難道說……！」

——千代田老師突然發出莫名開朗的聲音。

「妳不會唸接下來的……漢字嗎？」

仔細一看，她還突然露出笑容。

「水瀨同學居然也有不會唸的漢字，這還真是罕見呢。這個字讀音跟『窘』一樣，所以這裡的第五行就是『炯然的一盞燈火』。那麼，可以麻煩妳從那裡開始唸嗎？」

因為老師的提點，她似乎明白自己該做什麼了。

秋玻靜靜注視著課本，擦去額頭上的汗水。

「……好、好的。很抱歉。」

她再次開始朗讀。

「——炯然的一盞燈火穿過昏暗的天空，雖然可以清楚看見，卻因為那彷彿從天而降的白鷺般的雪片——」

看來她逃離危機了。

我鬆了口氣，抬頭仰望時鐘……現在時間是下午三點十五分左右。

離春珂剛才出現只過了約四十分鐘。

……疑惑再次湧上心頭。

果然，不管我怎麼想都只能認為有某種事情發生了。

而且還是事關秋玻與春珂的重要事情。

不管是對秋玻還是春珂來說，那恐怕都是預期之外的事——

既然如此，我——

我望著秋玻繼續朗讀的背影——暗自下定決心。

*

下午四點過後。

在通往校舍門口的走廊角落，我向正準備獨自回家的秋玻如此搭話。

「——那個……我有點事想問妳。」

「是關於春珂……關於今天發生在那傢伙身上的事……」

由於昨天發生了那種事，我對像這樣跟她說話感到有些牴觸。

我至今依然搞不懂秋玻的想法。

完全想不通她說的那些話是什麼意思。

然而——我現在已經顧不了那麼多了。

這也許會讓我感到尷尬，但我還是想知道她們身上發生了什麼事。

秋玻低下頭，一句話也不說。

我繼續問下去。

「……春珂出現的時間變短了吧？而且……在今天這一天就變得越來越短了。早上還有五十分鐘左右，剛才卻連四十分鐘都不到。」

秋玻還是閉口不語。

「那個……沒事的話當然最好，但我有點擔心。因為這對妳來說似乎也是意想不到的事情……所以，如果妳知道些什麼……希望妳能告訴我。要是有個萬一，那個……我會擔心。」

——我自認已經盡量誠懇地拜託她了。

因為擔心她們兩人，如果可以，我想幫助她們。

我應該已經把這樣的想法傳達出去了。

——然而……

「……」

秋玻還是低著頭不發一語。

「……秋玻。」

她沒有回答。

「……妳什麼都不願意告訴我嗎……」

秋玻依然沉默不語。

離放學已經過了一段時間，走廊角落四下無人。
別說是話語，她連一絲情感都沒讓我看到——
——肚子裡湧出一股熱流，我察覺自己的焦躁。
我自認一直以來都不斷地向秋玻搭話。
告訴她如果遇到麻煩，我想助她一臂之力，可以的話就把問題告訴我。
可是——結果秋玻什麼也不告訴我。
就只是無精打采地保持沉默。
「……是嗎？」
我深深嘆了口氣，同時說出這句話，刺耳的程度連我自己都有點嚇到。
可是——我再也停不下來。
「秋玻……妳還是不願意告訴我嗎？妳寧願像這樣獨自背負嗎？」
看不出對方想法的不安，以及無法踏入對方心房的寂寞，變成從嘴裡吐出的脣槍舌劍。
我知道這樣的怒火毫無道理可言，臉頰因為羞恥而發燙。
「那就算了，我不問了。隨妳高興吧。」
我不屑地丟下這些話，朝向校舍大門邁開腳步。
我對粗暴地說出這些話的自己感到動搖，無法否認自己宣洩情緒的行為。

雙手顫抖，身上冷汗狂流，從臉頰輕撫而過的空氣很冰冷。

然後——

「……？」

制服衣袖好像被什麼東西勾住了。

回頭一看——秋玻拉著我的制服外套，低頭看著地上。

「——！」

——我輕輕倒抽一口氣。

她的肌膚像曬過太陽的肖像畫般變得蒼白。

眼神憔悴無力。

也許是因為緊張，臉頰也變得緊繃僵硬。

「……我想也是。」

秋玻小聲呢喃。

「矢野同學，你生氣了吧……換作是我也會生氣……不管是誰都會生氣。」

她脆弱得彷彿用根指頭一碰就會倒下。

面對這樣的秋玻，我一句話都說不出來。

「對不起，一切都是我不好……」

然後——

「……要消失了。」

「咦……？」

秋玻抬起蒼白的臉龐——用極度嘶啞的聲音告訴我。

「春珂……馬上就要消失了。」

*

放學時間結束後，我們被趕出學校，來到公園。

剛剛交替出現的春珂臉上帶著一如往常的柔和表情。

而腦袋裡一片空白的我——不曉得該用什麼表情面對她。

我到底該哭？還是該笑？

我是該認真面對？還是該一笑帶過？

更重要的是，就算我知道該怎麼做，也沒辦法真的照做。

我只能緊咬下脣，默默地望著她。

「……啊～～看來秋玻說出來了～～」

廉價的路燈光芒照在我們身上。

聽說事情經過後，春珂像惡作劇被發現的小朋友，輕輕笑了出來。

「哎，不過，到了這種地步，也沒辦法隱瞞了吧。嗯，這也怪不得她～～……」

「……那件事是真的嗎？」

我像要找尋一線生機，用乾渴的喉嚨如此問道：

「妳居然會消失……難道這其中沒有什麼誤會嗎……？」

全身上下冒出冷汗，怎麼也停不下來。

手腳激烈顫抖，我覺得自己好像隨時都會癱倒。

不可能有那種事吧！

那只是在開玩笑啦！

其實我期待聽到這樣的回答。

可是——

「……嗯。看樣子錯不了～～」

——我果然感冒了～～

——聽說我的骨頭裂開了～～……

春珂用彷彿會接著說出這種話的輕鬆語氣，如此說道：
「我能出現的時間好像會越來越短，最後就這樣消失不見。」

*

「——其實……這原本就是遲早的問題……」
在只有兩個人的放學後的社辦裡，秋玻在我對面的椅子坐了下來。
看起來極度混亂的她，用泛白的嘴唇斷斷續續地說著。
「因為我家的問題已經在去年……解決了，讓我變成雙重人格者的理由以及不得不維持雙重人格的理由也消失了……所以，時間就變短了……人格對調的時間……」
「……啊，原來如此……」
我看到秋玻失去冷靜，因而感到動搖，呆呆地點點頭。
雖然沒有明確計算，但我有感覺到她們對調的時間變短了。
「當我剛變成雙重人格者時，時間是兩百一十一分鐘……剛認識你時是一百三十一分鐘……上次出遊之前已經變得更短……只剩下一百零九分鐘左右……」
「……居、居然……變短了這麼多嗎？」

聽到實際數字之後，我不知為何感到毛骨悚然。

我有種明確的預感……那數字肯定是某種事物的倒數計時。

結果如我所料——

「當這個數字逐漸減少……對調時間越來越短……最後變成零時——」

秋玻說著抓緊裙襬。

「——雙重人格狀態就會結束，春珂……就會消失……我是這麼聽說的……」

——大受震撼的我感到眼前一黑。

眼裡的景象扭曲變形，有一瞬間甚至搞不清楚自己身在何處。

——她居然說春珂會消失。

「……真的假的？原來一開始就……」

這樣的結局簡單明瞭又殘酷無情。

我不知道原來有這樣的未來在等著她們。

實際說出口的殘酷結局，似乎也傷到了秋玻本人。

「……我問過好多次了。」

她繼續說下去，聲音抖得非常厲害。

「我向主治醫生確認過好多次了，這似乎是無法避免的結局……因為人格分裂本來就是不自然的事……遲早會結束。一旦原因消失就會結束……醫生是這麼說的……」

「這樣啊……」

「……所以，我才會這麼想，希望春珂……能好好度過自己的人生。」

秋玻抓住裙襬的手上又多了幾分力氣。

「我希望她能享受人生，交幾個朋友……或是談談戀愛……就算時間不長，我也希望她能幸福過活，可是……那孩子卻想隱藏自己！把自己偽裝成我！更重要的是，她居然認為自己不該存在……不管我勸她多少次，跟她吵架多少次，她還是一直一直……」

第一次聽說的真相，逐漸解開一直壓在我心底的疑惑。

春珂想扮演秋玻，秋玻對此卻不太感興趣的樣子——原來這件事背後還有這種令人難以置信的理由。

她們會在去台場的前一天吵架，或許也是因為這樣的想法差異。

*

「……那、那妳說想做『一貫的自己』是怎麼回事！」

突然想到的疑惑讓我忍不住大聲起來。

「妳說過吧？只要妳跟秋玻的差異變小，人格就會合而為一，所以妳才要扮演秋玻。這到底是怎麼回事！」

沒錯——我頭一次跟春珂交談的那一天，她不是這麼說過嗎？

她說因為想做「一貫的自己」，才會扮演秋玻。

她說她要為此隱瞞自己的存在。

正因如此，我才會對春珂萌生友情……

如果春珂遲早會消失，那些話到底算什麼——

「對不起……我騙了你。」

春珂小聲回答後，低下了頭。

「我說想做『一貫的自己』是真的。可是……我說如果我能變得跟那孩子一樣，人格就會合而為一，是騙你的。對不起，因為我擔心說出真相會嚇到你，怕你會因為這樣而跟我保持距離……」

說完，春珂抬頭看向我。

「對不起，我騙了你……而且還讓你幫我做這件事，真的很對不起……」

＊

「——可是，離變成零還有時間吧！」

就算只有一點也好，我都想要有個可以寄託的希望。

於是，我難看地叫了出來。

「既然去台場那天還有一百零九分鐘，那就應該還有時間吧！她應該不會馬上消失吧！」

「……沒錯。原本……應該是這樣才對……」

秋玻說著緊咬下唇，幾乎要把嘴唇咬破。

「醫生也說過……應該還有幾個月……長一點的話，或許還能撐上半年……」

「那為什麼妳說春珂馬上就要消失了！」

「你有發現時間變短了吧？就是那孩子出現的時間……」

「嗯……」

「那是因為……」

說出這句開場白後，秋玻的聲音抖到前所未有的地步。

「……因為在我們兩人心中……有某種想法變得太過強烈。」

「哪種想法？」

面對這個問題，秋玻微微低下頭。

然後，她不敢看著我，就這樣說出答案——

「——否定……春珂的想法。」

——彷彿被人揍了一拳的衝擊襲向全身。

否定春珂——

這樣的想法在她們心中變得太過強烈——

換句話說……

就是春珂否定春珂——

秋玻也否定春珂——

「在此之前……我一直這麼告訴她：我需要妳，我希望妳得到幸福。不管那孩子如何否定自己，我都會不斷否認她這種想法。」

「……嗯。」

「可是……可是……現在卻不是這樣……所以，再這樣下去，她最多只能再撐幾天……已經幾乎沒時間了……」

「……秋玻……」

總覺得自己的聲音像是從遠方傳來。

既沒有現實感也沒有真實感，感覺像在惡夢中徘徊一樣。

「其實妳很重視春珂吧？妳希望她一直待在身邊對吧？」

「……嗯。」

「……那……」

然後——我現在的心情就像拿小刀刺向別人一樣。

在明確感受到自己深深刺傷秋玻的心的同時，我如此問道：

「事到如今，妳為何……又會否定春珂的存在？」

這是——我無論如何都想不通的問題。

會用憐愛的表情談論春珂的這個女孩……

不惜說謊也要保護春珂的這個女孩……

為什麼——要否定春珂的存在？

然後——

「……我不能說！」

秋玻表現出來的反應——令我感到畏懼。

「我不能說！那種事情我絕對說不出口！」

秋玻突然流下斗大的淚珠，用雙手抱住自己。

不知是因為恐懼還是焦慮，她悲痛地皺起臉。

*

「……難道真的沒辦法了嗎？」

我在長椅上抱頭苦惱。

從嘴裡說出來的，是比自言自語還不如的感情宣洩。

「為什麼……為什麼妳必須遭遇這種事情？」

「……我打從一開始就知道會這樣了。」

春珂露出關愛的笑容——即使在這種時候，她也還在顧慮我的心情。

「誕生後沒多久，我就知道自己遲早會消失了。畢竟我誕生只是為了保護秋玻，而這個任務已經結束了，也無可奈何……」

「怎麼會……妳竟然說這是無可奈何……」

「……啊！還有，有件事我希望你不要誤會。秋玻真的很重視我喔，從我誕生直到現在，都比我還要為此煩惱。她不斷向醫生打聽解決之道，還讀了各種書進行調查……當她知道這是雙重人格時，還捨棄了以前的名字。她真的很努力，我非常感謝她。」

「……等、等一下，妳說她……」

第一次聽說這件事，讓我忍不住如此問道：

「捨棄了名字……這是怎麼回事？」

「嗯，就是因為她覺得我們是不一樣的兩個人，繼續用以前的名字有點奇怪，就提議分別用秋玻和春珂這兩個新名字。」

「……咦？也就是說……」

我一時之間無法理解，為了把事情搞清楚，我如此問道：

「水瀨秋玻這個名字……不是妳們戶籍上的本名嗎？」

「嗯，沒錯。我剛開始也是反對的。畢竟主人格終究還是秋玻……我只是從她體內突然冒出來的傢伙。我一直勸她繼續用原本的名字，但她非常反對……」

「……那麼……妳們真正的名字是什麼？」

眼前的春珂——感覺像是不同於以往的另一個人。

她過去的境遇令人難以想像。

她是個明知自己終將消失卻依然堅強過活的女孩。

而我卻連她的本名都不知道——

既然如此，我希望自己至少能知道她真正的名字，把她的存在牢記在心。

然而——

「……對不起，我不能說。」

春珂像是發自內心感到抱歉地輕輕咬住嘴脣。

「因為是秋玻決定這麼做的……只要我們還是兩個人，就不會使用以前的名字。對不起，我不想對你有所隱瞞，可是……」

「……原來如此。」

彷彿被獨自拋下的感覺讓我無力地垂下肩膀。

結果——對她們兩人來說，我不是家人也不是什麼人物，就只是「一個朋友」。

「我們已經姑且把所有事情都告訴校方了，不管是雙重人格，還是各自的名字。不過，知道這件事的人就只有校長、副校長、保健老師、學年主任……還有千代田老師。尤其是千代田老師，她經常暗中幫我度過難關……」

聽完這些話，我總算明白千代田老師今天的應對速度為何那麼快了。

正是因為知曉一切……她才能那麼準確地從旁協助吧。

「對不起。因為我們的問題，把你捲入這種沉重的事情……」

「那種事……那種事不重要！更重要的是！更重要的是……」

——難道妳一點都不難過嗎！

這句話差點脫口而出，我趕緊閉上嘴巴。

春珂露出已經接受一切的表情。

那微笑甚至給人慈愛的感覺。

可是——她應該不可能不難過吧。

面對自己將會消失這種事實，這個軟弱的女孩不可能不難過吧。

——這也無可奈何。

在能夠這麼想之前——春珂到底哭了多少次呢？

而當時不在她身邊也無法跟她一起消失的我——沒資格對她的決心說三道四。

「……既然如此！」

我反射性地從長椅上站起來。

「至少別繼續隱瞞雙重人格的事吧！妳就以自己的身分度過剩下的時間不好嗎！妳根本不需要扮演秋玻吧！」

春珂抬頭仰望我的臉。

表情莫名地——冷靜安詳。

「不管是須藤還是修司……甚至是其他傢伙，肯定都會接納妳的！所以，我們現在就去對大家說出真相吧！」

「這個……我辦不到。」

「為什麼！」

「因為要是知道了……大家都會覺得困擾吧？如果他們把我當成朋友……當我消失的時候，他們可能會難過不是嗎？」

「那種事一點都不重要吧！再說……」

我果然怎麼也不能接受。

我不希望春珂就這樣消失。

我希望她不要在沒人知道的情況下悄悄消失。

「……再說妳已經告訴我了吧！已經告訴我雙重人格的事了吧！既然這樣，告訴其他人也沒差不是嗎！」

「……你說的對，我已經告訴你了。對不起，我可能有些壞心眼了。」

「……壞心眼？」

「嗯，沒錯。」

春珂將視線移向下方，微微一笑。

「因為……其實我是這麼想的。我希望當我消失的時候——你能因此受傷，並且感到難過。」

伴隨著沉悶的痛楚，心臟猛然一跳。

淚腺差點決堤，但我拚命忍住不哭。

「我希望自己消失之後，你能一直記得我，偶爾因為我而感到寂寞。如果你能一輩子記得我，我會很高興……光是這樣，我就已經很幸福了……」

……我一直只認為春珂是個好人。

這女孩看似缺乏危機意識，悠哉度日。

沒想到她居然懷有這種想法，這個事實讓我震撼不已。

「所以，我還是希望當時能和你接吻……」

「……為什麼？」

「如果我們接吻了，就能讓你受到一輩子都忘不了的傷啊……對不起，我居然想傷害你，真是個不夠格的朋友呢。」

——已經沒有我能做的事了。

我沒辦法阻止她，也沒辦法說服她，只能傻傻地站在原地看著她。

「事情就是這樣……我們結束吧。」

「……結束什麼？」

「朋友關係。」

——我終於連聲音都發不出來了。

「我不能繼續給你添麻煩了。你應該已經沒辦法像以前那樣看待我了吧？也不知道該怎麼跟我相處了吧？」

我發不出聲音。

「啊，你不需要為我擔心。雖然很遺憾，但這也是沒辦法的事，光是有之前的回憶就夠了。」

我還是發不出聲音。

「矢野同學，我很感謝你。託你的福，我過得很開心。」

說完，春珂站了起來。

「不過，我們該在此道別了。真的很感謝你願意跟我做朋友。」

然後她微微一笑，揮了揮手。

「——掰掰。」

一個轉身，她離開公園。

背影彎過轉角，消失在建築物後面。

即使如此——

即使如此，我還是——完全發不出聲音。

*

——然後，在那之後過了三天。

早上開班會的時候……

千代田老師一臉憂鬱地垂著眼，向大家如此報告：

「——水瀨同學這個星期就要轉學了。」

幕間 Intermission

奇妙的三角戀情

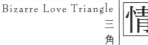

Bizarre Love Triangle

三角的距離無限趨近零

「……你們兩個到底怎麼了？」

「連我都有些擔心你們耶……」

在不容易被人看見的走廊角落，須藤與修司正在逼問我。

「你已經有整整兩天沒跟她說話了吧？」

「難不成你們在台場發生了什麼事？像是在我們沒看到的時候吵架之類的……」

他們兩人都露出非常擔心的表情。

不過……這也沒辦法。

跟自己出去玩之後，原本感情很好的兩位朋友突然變得無話可說，還很明顯地在避著彼此。

要他們不在意才是強人所難吧。

尤其是這兩個重視朋友的傢伙，或許會覺得自己也有責任。

可是即使明知這點——我還是如此說道：

「……沒事，你們不用放在心上。」

我露出自己最擅長的假笑，語氣也跟平常完全一樣。

「這個問題只是暫時的，不是什麼嚴重的事。」

「……真的嗎？我總覺得沒那麼簡單……」

「真的啦。我們只是小吵了一架，正在找機會和好罷了。」

「……那就好。」

這當然是騙人的。

這可不是願意和好或找到機會就能解決的問題。

面對無可奈何的現實——我們已經連一步都動不了了。

我們回到教室上下一堂課。

因為年近六十的津村老師的英文課很無聊，我自然而然望向春珂。

幾乎是在無意識的情況下，而且時間只有短短幾秒鐘。

然而——

「……！」

——她正好也稍微回過頭，往我這邊看過來。

她趕緊移開視線，同時重新把臉轉向前方。

難以排解的痛楚讓我感到胸痛欲裂。

——掰掰。

我想起春珂說這句話時的表情。

在此之前，我見過春珂的許多種表情。

決定寫交換日記時的表情、在我面前人格對調時生氣的表情，還有調查台場景點時的幸福表情。

然而事到如今——我們卻要永別了。

「難道……我們真的就要這樣結束了嗎……」

*

我夢到跟矢野同學接吻。

他緊緊抱住我，把我整個人摟在懷中。

那是個帶著非常安穩的心情與他接吻的夢。

醒來後，我的腦袋一團混亂，陷入無法停止的自我厭惡。

都到了這種時候，我到底在想什麼？

把春珂逼到這種地步，居然還作那種夢……

下課時間。

回頭一看——矢野同學坐在平時的位子上，跟包含須藤同學與修司同學在內的朋友們聊天。

「喂～～矢野，你喜歡那種誤會系笑料對吧？」

「啊～～對耶！我記得他之前模仿過！」

「……呃，喂！矢野，你有在聽嗎～～？」

「……咦？啊啊！」

就在這時，他總算抬起頭來。

「抱……抱歉，我剛才恍神了一下。」

他這句話讓身旁的同伴都生氣了。

「喂喂喂，你到底是怎麼回事啊～～！」

「你真的很奇怪耶！」

「沒、沒有啦……我有點睡眠不足……」

他如此解釋，神情呆滯地搔了搔頭。

他會變成這樣，果然是因為擔心春珂吧。

擔心對他來說無可取代的春珂的未來……

擔心那女孩將被我奪走的未來。

——就在這時，我突然想到了。

那場夢……那場跟矢野同學接吻的夢。

說不定不是我，而是春珂作的夢。

以前，我們也曾在睡覺時搞混彼此的夢。

出現花俏玩偶與可愛衣服的夢。

從夢裡驚醒後，我問了春珂，結果那些剛好都是她想要的東西。

所以，如果這次也是這樣——一切就都說得通了。

我想……

春珂現在肯定也對矢野同學——

——既然這樣……

這樣的我沒資格對春珂說些什麼，也沒臉見她。

如果不是共同一副身體，其實我連待在她身旁的資格都沒有。

既然這樣——拜託……

拜託，不管是誰都好——

*

那場夢中的感觸，我至今依然清楚記得。

記得他溫暖的體溫，還有抱著我的臂膀的力量。

夢裡的他是什麼樣的表情，我已經想不太起來了。

可是，他那柔軟嘴唇的感觸，還有對此感到幸福的心情，我現在仍能清楚想起——

「……！」

——課堂上，我偷偷回頭一看，結果跟他四目相對了。

……我只是有這種感覺。

我趕緊重新看向前面，小心不被別人發現，偷偷嘆了口氣。

搞不好我跟其他女孩比……算是比較厚臉皮的類型。

我明明已經好幾天沒跟他說話……

明明已經整理好心情……

對一個曾經是朋友的男生，我居然會作那種夢……

「——那麼，這一段的日文翻譯……水瀨同學，可以麻煩妳嗎？」

「……好的。」

我趕緊切換成秋玻模式，起身走向黑板。

在看著板書寫出日文的同時——我突然發現了。

——那說不定是秋玻作的夢。

沒錯……肯定是這樣。

如果是這樣，一切就說得通了……我想不管對誰來說，這應該都是最好的結局。

自從我那一天放棄跟矢野同學做朋友以後……

似乎連秋玻與矢野同學之間都有了距離。

因為我已經看不到他們兩人交流的跡象……不光是這樣，秋玻似乎不再跟任何人說話了。

我真的覺得很對不起他們。

即使如此——當我在某一天消失之後……

我還是希望他們能夠重逢，順利地在一起。

我希望矢野同學和秋玻可以跨越各種難關得到幸福。

然後——到時候……

如果在他心中還有我留下的傷口就好了。

就算在這世上只剩下那個地方——我也希望能刻下自己存在過的痕跡——

第五章
Chapter.5

放學後帶我離開這裡吧

Bizarre Love Triangle

三角的距離無限趨近零

「——老師！」

我成功等到千代田老師的時候，已經是晚上七點過後了。

地點是所有學生離校沒多久後的教職員停車場。我是在她的車子前面等到她的。

當我到教職員辦公室找她的時候，聽說她去開會，還要處理各種事情，所以人不在辦公室裡面。看來那些事總算辦完了。

「老師，關於水瀨同學……！」

我一邊呼喊一邊跑過去。看到我的老師瞇起眼睛。

「我完全沒聽說，也搞不清楚狀況，可是……她到底為什麼要突然轉學呢……！」

換作平常的我，絕不可能做這種事。

只會假裝在閒聊，試著不經意地問出情報。

可是……我已經連扮演聽話的學生都辦不到了。

就算只有一點點，我都想得到與眼前的現實有關的情報。

她煩惱了一下後才說：

「這樣啊……我好像需要跟你說明狀況。你家在哪裡？」

「呃，我家在車站對面……就是善福寺那一帶……」

「是嗎？那我送你回去，順便告訴你吧。」

說完，老師解開車鎖。

「要上車嗎？」

「——其實這些話應該由本人親自告訴你比較好。」

千代田老師把車子開向我家，並如此說道。

「不過，看來那似乎無法實現了。」

「……妳已經了解到這種地步了嗎？」

車窗外——

望著熟悉的學校附近街景的我，忍不住又轉頭看向千代田老師。

「對。因為她的主治醫生也拜託過我，要我回報她在學校裡的狀況。」

「……原來如此。」

沒想到老師跟她的雙重人格症有這麼密切的關聯，我直到現在才對此感到驚訝。

不過……這樣啊。

仔細想想，早在允許她不用戶籍上的名字上學時，就算校方跟醫院有過交流也不是什麼奇怪的事了……

「她來學校上學，原本就是為了復健。」

千代田老師轉動方向盤把車子開到大馬路上，如此說道。

「你直接聽她說過了吧？她家裡的問題已經解決了。這麼一來，剩下只要成功統合人格，治療基本上就告一段落了。不過，讓她在這個過程中盡量習慣正常社會的生活，對她來說會比較好。而且最好是先讓世人接納有雙重人格的她……最後再完成人格統合。正是基於這樣的考量，才會把她編入普通學校的普通班級。」

「原來是這樣啊……」

這種事情我完全不知道。

沒想到她們居然是帶著這種明確的意圖來到這間學校。

「可是，那……春珂……想隱瞞雙重人格的事情不就……」

「沒錯，周圍的人全都反對。秋玻、主治醫生還有她的家人，全都希望她以自己的身分活下去，但她不顧眾人的反對，堅持要那麼做。」

「原來還發生過這種事情……」

而且更令人驚訝的是……在學生之中，居然有人在幫忙春珂那麼做。

自己的思慮不周讓我的頭痛了起來。

為什麼我沒有早點發現春珂做的事情有哪裡不對勁……

「……我覺得你的所作所為並沒有錯。」

看到我抱頭苦惱的模樣，千代田老師送上溫柔的安慰。

「因為你為了春珂著想，那麼努力……那最後肯定不會是件壞事。」

「……才沒那回事。」

光是如此回答，痛楚便重新湧上心頭。

那是對完全誤會這一切的自己的羞愧與厭惡。

「我只是把她們的事搞得一團亂罷了……」

就在這時，我心中有了疑問。

「……呃，老師……妳怎麼會知道我在幫她們？」

仔細想想，我應該從未告訴別人這件事。

我好像也不曾在千代田老師面前洩漏自己的行動。

可是，為什麼千代田老師會知道這件事？

聽到我這麼問，她有些寂寞地笑了笑。

「因為我也有跟她家裡和醫院那邊保持緊密聯繫……」

「原……原來如此。那麼，難不成我第一次把春珂帶到社辦那天……妳打開社辦的門進來，也是因為……」

「沒錯。因為我想盡可能掌握春珂同學的狀況。否則要是她出了什麼事，我就傷腦筋了。」

「……原來是這樣。」

得知包含千代田老師在內的大人們知道那麼多事情，讓我現在才感到背脊發涼。

「……然後，關於她們兩人的現況。」

千代田老師邊說邊踩下剎車，把車子停在紅燈前面。

老人、不知從事什麼職業的年輕人與帶著孩子的家庭主婦，從車子前面走過去。

「就連主治醫生也想不到事情會變成這樣，沒想過她們兩人的存在會失衡到這種地步。不過，既然事情變成這樣，就不能繼續放任不管了。於是，醫生建議把她們帶回醫院，進行不讓春珂消失的治療。」

「這樣啊……也就是說，假如那種治療順利完成，她們還有機會在治療結束後馬上回到這裡嗎……」

「……那種機會似乎不大。很遺憾，讓她回到曾經離開的環境，實在不太能算是和緩的復健吧。」

「這樣啊……」

「……矢野同學，你不需要覺得自己有責任。」

我抬頭一看，發現千代田老師皺起眉頭，緊緊握著方向盤。

「這真的只是個突發性意外。就算有人必須負責，那也是大人的事情。或許我們應該等到她們的狀況更穩定之後，再讓她們來上學。也或許，我們應該在事情變成這樣之前就介入。這完全是醫院那邊和我們的判斷太過天真的問題……」

老師一臉懊悔地緊咬下唇。

車子再次動了起來，老師在大馬路的路口大大地轉動方向盤。

然後——

「……只不過……」

老師依然看著前方，清楚地如此說道：

「我還沒有完全放棄。」

「……這是什麼意思？」

「我覺得就算把她帶去醫院，也無法解決她現在遇到的問題。」

「……那該怎麼解決？不，解決方法真的存在嗎？」

如果真有解決方法——我無論如何都想試試看。

就算我再也不會跟她們有所牽連……

就算我再也見不到她們——我都想拯救春珂。

「她需要的只是一點點勇氣以及對自己的溫柔。還有，雖然沒有確證……」

車子再次被紅燈擋下。

千代田老師伸出手，開始在擺在旁邊的手提包裡翻找東西。

然後——

「——如果有人能為她們做些什麼……」

說完，老師細長清秀的眼睛流露出堅定的意志。

——接著把「某樣東西」拿到我面前。

「我覺得——唯一的人選就是你了。」

＊

我不知為何不想直接回家，結果因此遭殃。

在附近的書店，我茫然地站著看書。

思考自己到底能做什麼的我——在離開書店時，看到了國中時代的班上同學。

對方是自稱超級虐待狂角色的越野，還有他的朋友敷島和橋本。

他們就是當時自然疏遠我的學生。

——我不由得回到店裡，躲在書架後面。

他們完全沒有發現我的存在，一邊談笑一邊走過書店門口，往車站的方向走去。

我放心地嘆了口氣——同時對自己感到失望。

儘管嘴上說不想偽裝自己，還說想做個一貫的人——

結果我還是沒有改變。

被人疏遠的痛苦與寂寞，至今依然深深烙印在我身上，讓我無法踏出那一步。

這樣的我——

真的有辦法為秋玻與春珂做些什麼嗎？

事到如今，我還能為她們做些什麼？

「……可惡。」

走出書店後，我再次確認擺在書包裡的「某樣東西」。

千代田老師說「這東西一直擺在社辦裡」，便在車上把東西交給我。

那是一本不知在什麼時候消失不見的「筆記本」。

我煩惱了一下，打開Line——開始打要傳給「水瀨」這個帳號的訊息。

這或許會是我傳給她的最後一封簡訊。

也許她不會回覆。

不過，我覺得自己不能不送出這則訊息。

不管是秋玻還是春珂都行。

只要她們最後有看到這則訊息──

＊

──隔天。

放學後的社辦被穿過窗簾的陽光染成奶油色。

空氣中瀰漫著灰塵與霉臭味，莫名其妙的備品擺得到處都是。

這裡說好聽是祕密基地，說難聽則是倉庫。

「……你好。」

而秋玻就站在這間社辦的門口。

她低頭看著腳下，緊緊握著揹在肩上的書包──表情僵硬。

再過兩天她就要轉學了。

說不定這會是秋玻最後一次來到這間社辦。

而我的戀情或許也會在此結束——

「……進來吧。」

聽到我這麼說，秋玻總算踏進社辦，反手把門關上。

「抱歉，要妳專程跑一趟……」

我先向在旁邊的椅子坐下的秋玻如此道歉。

「妳可能已經不想跟我說話……但我還是很高興看到妳過來，因為我想把這東西交給妳。」

我把手伸進書包——拿出一本筆記本。

被我擺在秋玻面前的舊式課桌上的筆記本封面，用看起來有點傻呼呼的文字如此寫道——

交換日記♡　矢野同學、秋玻、春珂

「……啊，這是……」

秋玻說著看向封面。

「我還在想這東西跑到哪裡去了……」

自從去台場玩的那天以後，我們自然而然地不再寫交換日記，結果這本日記就不知去向了。

肯定是春珂把日記擺在社辦的吧。

千代田老師把這本日記拿給我，要我還給她們。

秋玻注視著封面上的文字。

現場的氣氛好像——稍微和緩了些。

或許是春珂圓滾滾的字體稍微平復了我們毛躁的心情。

我以為秋玻很快就會回去，但她就這樣開始翻閱日記。

「……春珂真的很依賴你呢。」

她小聲說出這句話。

「總是把你掛在嘴邊……」

秋玻就像是看著自己孩子的父母，瞇起了眼睛。

我探頭看向日記——結果就跟她說的一樣，日記上的每一頁，春珂都在為自己犯下的過錯感嘆，尋求我的幫助。

4月17日（二）　春珂

今天的英文課，我忘記從視聽教室改成在教室上課了……
我差點就要落單，心中很焦急……
矢野同學，謝謝你注意到這件事，還好心提醒我！
還有，我不小心用力踩到你的腳，對不起……

4月19日（四） 春珂
唔哇～～秋玻對不起……
我把可可打翻，沾到制服上了……
還好矢野同學馬上幫我擦掉，我想應該不會留下痕跡，但味道可能會留在上面……
我是不是該把制服拿去送洗啊——

4月20日（五） 春珂
矢野同學，難不成你特地為我買了濕紙巾？
對不起，錢我也會出的——

——矢野同學今天又提醒我了——

——矢野同學，謝謝你——

——矢野同學！——

——矢野同學——

——筆記本上的文字突然開始晃動。

原來是秋玻拿著筆記本的手在發抖。

「……秋玻？」

仔細一看——秋玻緊咬著下脣。

彷彿在忍耐什麼，連眼睛都不眨一下，一直盯著日記看。

好像有某種東西快要崩潰……

好像只要輕輕一碰就會全部崩潰一樣——秋玻的表情看起來就是這樣。

可是，她深深嘆了口氣。

「……我受夠了。」

然後小聲地如此說道，抬起頭。

「反正這是最後了，我已經……不想隱瞞，也不想說謊了。」

「……秋玻？」

她看著我的表情——那種彷彿擺脫心魔的神色，讓我忍不住倒抽一口氣。

然後她露出笑容。

「你知道嗎……我這人差勁透了。」

「……什麼意思？」

「我不是經常向你道謝嗎？一下子說謝謝你跟春珂做朋友，一下子又說謝謝你幫助春珂。」

「……嗯。」

「那些話全都是騙人的。」

秋玻乾脆地說出口的話語，讓我的心臟猛然一跳。

「其實我並不高興，一點都不高興。不光是這樣，你跟春珂一起寫交換日記，還有跟春珂一起去台場，這些事都令我痛苦萬分。我的心像要被壓垮了一樣，每次都快要哭出來。」

在她從容地說著這些話的過程中，我的心跳越來越快。

我無法完全理解那些話的意義，腦袋發燙。

然後，她看著這樣的我，先用「因為……」這兩個字作為開場白。

接著像要說往事般瞇起眼睛——

「其實——我希望你能幫助我。」

——內心受到的震撼讓身體動彈不得。

「我一直希望你不是幫助春珂，而是幫助我。」

喉嚨乾渴，幾乎喘不過氣，身體完全動不了。

「不管是春珂轉學第一天就露餡的時候，還是她上課時不斷露出馬腳的時候，還有你來到家裡的時候，跟大家一起出去玩的時候，我總是會這麼想。

想找你商量春珂的事情，想把煩惱告訴你。」

這是她頭一次說出口的真心話。

也是我從未察覺到的秋玻真正的想法——

這些話把我們過去經歷的一切與其中的意義全都慢慢改寫了。

「你知道嗎？初次遇見你的那一天，我覺得自己可能找到同伴了，因為我們兩個好像有點像。

畢竟我們都不讓別人知道自己真正的想法，也不擅於表達想法。

所以我很開心，覺得我們說不定能好好相處。

我甚至想過我們或許不只能成為朋友，還能發展出其他更好的關係。」

「……這些事我都不知道。」

我第一次遇見秋玻，是在開學典禮還沒開始的時候。

那也是我墜入愛河的時候——

原來秋玻也是這樣看待我的嗎——

「所以，我一直很羨慕能找你商量的春珂。

羨慕能跟你一起思考許多事情，能被你看穿心思，能被你責罵的春珂。

我也想跟她一樣，在成功的時候被你誇獎，在失敗的時候被你安慰。想跟你一起犯錯、一起迷惘、一起煩惱，一起做好多好多事情。」

「——既、既然這樣！」

回過神時——我想到一個問題。

如果秋玻是這樣想的……

如果她獨自抱著這種心情——

「——那妳為什麼不告訴我！我說過吧？妳隨時都能來找我商量啊！」

「……我說不出口。」

「為什麼！」

我無法理解。

為什麼她要抗拒別人的幫忙到這種地步？

難道她想獨自面對一切？

「妳就這麼不信任我嗎！難道妳覺得我那麼靠不住嗎！」

「不是因為這樣。」

「那不然是為什麼！」

這個問題讓秋玻抬起頭，定睛注視著我——

「……我不可能說得出口吧！」

——那種犀利的聲音。

——以及灌注在視線中的怒火。

一句話就讓我閉上嘴巴。

「那種話我不可能說得出口！

因為……春珂會那麼痛苦，全都是我害的！

都是因為我軟弱，沒辦法保護自己，她才會誕生！

如果我夠堅強，就不用讓她那麼痛苦了！

也不會害她消失！」

——此時我胸口感到的痛楚，可不是「震撼」兩字就能輕輕帶過。

深藏在她心中的感情是無法抹滅的罪惡感。

秋玻無法原諒的——不是別人，正是她自己。

「可是……我卻想讓自己一個人解脫，這未免太自私了吧！

自己的問題不就該由自己解決嗎！

而且我……」

說到這裡，秋玻突然壓低音調。

「我這種人沒資格讓你幫忙。」

「……為什麼？」

被我這麼一問，秋玻屏住呼吸。

然後用黯淡無光的雙眼看向地板。

「……因為看到你跟春珂變熟，我啊……腦海中浮現一種想法。

如果沒有春珂……跟你在一起的人，說不定就會變成我了。」

如果……如果──沒有她……

那聲音像很薄的玻璃一樣微微顫抖。

「如果我心中沒有她……在你身邊的人……

帶你到家裡玩的人……

跟你一起坐摩天輪的人──說不定就是我了。」

心跳變得更為強烈，讓熱血流遍全身上下。

呼吸急促，掌心滲出冷汗。

然後──

「……如何？我這人差勁透了吧？」

秋玻冷冷地瞇起眼睛，露出藐視自己的笑容。

「你對我幻滅了吧？無法原諒我對吧？就是像我這樣的人，害得你最重要的春珂消失了喔。」

然後，她再次用顫抖的聲音說——

「都是因為我的任性——害春珂消失。都是我害的。」

——沉默籠罩著空氣中充滿灰塵的社辦。

聽到的只有在遠方操場練習的運動社團成員的喊聲。

「所以——我沒資格得到你的幫助。」

——我好像總算把一切線索都連在一起了。

在此之前，一直處於精神緊繃狀態的秋玻。

她跟春珂之間的關係，還有話語中的意圖。

我以前一直沒有注意到的事情。

所有我沒有注意到的真正重要的事情——

然後——

「……就算這樣……」

我再次開口——筆直地注視著秋玻。

「就算這樣也無所謂。」

這句話讓秋玻睜大眼睛。

「就算這樣……我還是想幫助妳。」

「……為什麼？」

秋玻發自心底無法理解般歪了頭。

「春珂對你來說——是特別的人吧？所以，你應該不可能原諒我才對啊。」

「……春珂對我來說確實是特別的人。」

聽到我如此承認——秋玻痛苦地皺起臉。

「不過——妳也同樣重要，對我來說是無可取代的人。」

「……你真的這麼想？」

秋玻問這個問題時的表情甚至隱約顯露出一絲怒氣。

「你敢在春珂面前說同樣的話嗎？」

「我敢說。」

「為什麼！」

「因為我——」

——沒錯，我當然敢說。

我一直沒有發現——讓妳哭泣的人是我。
因為我沒有說出自己的心情，害妳不斷受傷。
既然如此，我現在該告訴她的話就只有一句。

「——我喜歡妳。」

「…………咦？」
看著我的秋玻完全愣住了。
所以我再一次……
「秋玻，我喜歡妳。」
清楚明白地這樣告訴她。
「所以，就算這樣，我也想幫助妳。」
我全身上下都冒出熾熱的汗水。
心跳強而有力，全身都能感受到。
不過——我並不後悔。
秋玻現在就在我眼前受苦。

如果我能做的只有說出自己的心情，那我不想吝於這麼做。

「咦，那個……你說的喜歡是……」

「就是異性之間的那種喜歡。打從一開始，我們初次見面時，我就喜歡上妳了。」

「……」

完全愣住的秋玻的臉——轉眼間就染成赤紅。

視線游移不定，眼眸在眼眶裡的淚水中動搖。

她僵硬地張開顫抖的嘴脣。

「……你……你在騙我吧？」

用顫抖的聲音如此問道。

「因為……像我這種人……你怎麼可能會喜歡……」

「的確……現在的妳跟初次見面時給我的印象或許相差許多。」

這點我怎麼也無法否認。

對於水瀨秋玻這個女孩，我似乎有著不少誤會。

「不過，看著當時背誦《靜物》的妳，我是這麼想的。我希望這女孩能待在我身邊，我希望這女孩也有著跟我同樣的想法。而這樣的心情——至今依然沒有改變。」

我摸著自己的胸口，再次確認自己的心情。

全身都能感受到的心跳就跟那天一樣強烈。

我——還是喜歡秋玻。

「可……可是……那春珂呢……」

「……為什麼現在要提到春珂？」

「因為你……你們……」

秋玻話語哽在喉嚨般閉口不語後，像是要把東西吐出來一樣皺著臉說：

「……你們不是在交往嗎？」

——這句話令我啞口無言。

不過……我思考了一下。

當陷入混亂的腦袋逐漸清晰……我總算理解了。

難不成——秋玻誤會了？

她以為我跟春珂是男女朋友。

正因為她以為我們是男女朋友——才會把自己逼到這種地步嗎？

「……不，我們並沒有交往。」

我深深嘆了口氣，同時如此回答。

「……真的嗎？我還以為你們早就……」

「真的。我想春珂對我應該也沒有那種意思。」

「是這樣嗎……可是，你們的感情那麼好，春珂又那麼依賴你……」

「……沒錯。因為……我們是好朋友。」

「……好朋友？」

「對。我們都想成為一貫的人，是有著同樣願望的夥伴。」

我想起第一次跟春珂在教室裡談話的事情。

那一天，我跟春珂就變成好朋友了。

我當時對她抱持的同伴意識或許是個錯誤。

不過就算這樣，現在依然留在我心中的友情也不會消失。

「所以，我跟她就像同性的朋友……老實說，我也有找她商量關於妳的事情……」

「原來是這樣……」

秋玻似乎總算能夠接受這個事實，低頭看向地板。

「你跟春珂……其實……只是好朋友……」

然後，她自言自語般小聲呢喃了幾句——

「——可是，那我不就……！」

接著猛然抬起頭。

「不就等於因為一場誤會，害得春珂……快要消失了嗎？」

她纖細的手臂開始顫抖。

本就白皙的臉龐變得慘白。

「難不成是我擅自嫉妒她，才會害她受苦……？」

——沒錯。

問題還沒有解決。

這麼一來，秋玻或許就不會繼續否定春珂了。

春珂或許就不會立刻消失了。

可是，春珂——應該已經明白。

明白秋玻否定自己的存在。

春珂現在肯定——比過去更認為自己是「不必要的人」。

「我……怎麼辦？我對她做了很過分的事情……」

秋玻的表情——像是世界末日降臨。

看著這樣的她——我下定了決心。

「……欸，秋玻。」

呼喊她的名字後，我說出了某句話。

就是我在一個月前也對春珂說過的話。

「——可以讓我……幫忙嗎？」

從秋玻的眼眶——掉出了大顆的淚珠。

「對不起，這麼晚才說出這句話。其實我應該更早說的。不過，就算遲了一步——我也想要幫助妳，想成為妳的助力。所以……」

我先說了這番話。

然後筆直注視著秋玻那映著銀河的眼睛。

「儘管——依靠我吧。」

「……可以嗎？」

嘴唇微微顫抖。

秋玻用怯懦的表情如此問道。

「我……能請你幫忙嗎？我明明這麼自私又這麼任性……我真的可以依靠你嗎？」

「當然可以。」

說完，我深深地點點頭。

「因為我喜歡妳。」

「……謝謝你。」

秋玻緊緊閉上眼睛——深深呼了口氣。

然後——

「那……就麻煩你了。」

她靜靜地睜開雙眼——與我四目相對。

「矢野同學……請你幫幫我。拜託你幫我改變春珂的想法，讓她可以放心過自己的人生……」

「……我明白了。」

——秋玻的話語讓我感到體內充滿力量。

她需要我。我喜歡的女孩正在向我求救。

既然如此——我想獻上自己的一切力量，助她一臂之力。

就算自己會受傷，就算會失去什麼東西，我也希望秋玻得到幸福——

我抬頭看向社辦裡的時鐘。

最後時限——已經迫在眉睫。

如果要說服春珂，應該只能在今天之內完成吧。

那在這麼短的時間內，我能做什麼？

我能對春珂說什麼樣的話？

像我這種從國中時代便毫無長進的人——

「……對了。」

就在這時——我總算發現了。

我發現自己根本沒資格勸春珂「以原本的自己活下去」。

我發現現在的自己沒資格對她說任何話。

既然如此——我該做的事就很明白了。

「春珂還要幾分鐘才會回來？」

「……大概十分鐘吧。」

「好，我明白了。」

我對抬起頭的秋玻點點頭，從椅子上站起來。

「——我們走吧。」

*

「……找到了！」

——我找到他們了。當我找到須藤與修司，還有其他幾位朋友時，是過了幾分鐘後的事。

他們就在離鞋櫃不遠，靠近學校正門的地方。

因為我把走廊、教室與校舍玄關都找過一遍，現在已經快喘不過氣了。

回頭一看——秋玻也被風吹亂了頭髮，大口地喘氣。

「好，我們快追上去！」

我們跟須藤等人的距離只有十公尺左右。

為了叫住他們，我準備拔腿衝過去。

可是，秋玻突然停在原地。

仔細一看——她露出陷入混亂的表情，在五月的風中注視著我。

——是春珂。

就在這個時間點——秋玻與春珂對調了。

即使如此，我也不能在這裡停下腳步。

「……喂，春珂。」

我如此呼喚。

「……」

春珂沒有答話。

她用不知該如何反應的表情看著我。

「接下來……為了讓妳願意以自己的身分活下去，為了讓妳知道我們不必偽裝自己，我要努力做出改變。」

春珂皺起眉頭。

不過，我還是繼續說下去。

「我踏出的這一步……肯定遠比妳不得不踏出的那一步還要小。對妳來說，這肯定只是件小事。就算如此，可以的話，我還是希望妳能見證。」

我說完丟下呆站在原地的春珂，往須藤他們走去。

「……咦？這不是矢野嗎？」

也許是注意到腳步聲了。

須藤回頭看過來，驚訝地睜大眼睛。

「你怎麼了？我看你好像很喘……」

「……喂，水瀨同學也是耶。」

「啊～～難道說，你們跑去製造最後的回憶了～～？」

在這群人之中也特別會起鬨的兩個傢伙——富谷與櫻井如此問道。

實際站在他們面前——讓我的心跳像前衛搖滾樂一樣加速。

呼吸急促，背後開始冒出冷汗。

如果是平常——

「沒錯沒錯，我們兩個跑去激烈碰撞了一下～～……玩瑪利歐賽車！」

我應該會像這樣開玩笑帶過吧。

不過，我硬是把這些話吞回去——

「……不，我只是有些話想告訴你們。」

「怎麼了？」

修司擔心地看著我。

然後我大大地吸了口氣。

對有些茫然無措的他們說——

「……我打算放棄了。」

——我先用這句話作為開場白。

「……咦？放棄什麼？」

「放棄勉強自己配合大家起鬨，放棄扮演角色，放棄這所有的一切。」

「……咦？等一下，這是什麼意思？」

「我一直在演戲。為了配合大家偽裝自己……一直扮演著活潑開朗的角色。」

——因為我的這句話……

原本開朗的現場氣氛明顯改變了。

從一團和氣的放學時光——變成充滿緊迫感的告白現場。

在場的五名成員臉上失去了從容。

「所以，那個……」

然後，我為了繼續說下去，再次張開嘴巴。

「……」

結果發現自己沒辦法再發出聲音。

……我怎麼了？難道是因為喘不過氣？

還是單純想不到接下來要說的話……？

……不，不對。

是因為我——在害怕。

害怕這種氣氛——

國中時代的那一天，我否定了班上的超級虐待狂角色。

而這種氣氛就跟當時教室裡的氣氛一樣。

我好想馬上一笑帶過。

好想讓這一切從未發生。

可是——我已經無法退縮了。

「那個……所以……對不起！我騙了大家！」

勉強張開嘴巴後——聲音大得連我自己都嚇一跳。

不過，我還是維持同樣的音量，對眼前的朋友繼續說下去。

「我不喜歡在放學後一群人跑去玩，那些黃色笑話我也說得很勉強，我原本就不是那種活潑外向的人……比起那些事情……」

我把手伸進揹在肩上的書包。

「……我更喜歡這種東西！像是文學，或是文藝！」

把放在裡面的書——也就是我跟秋玻初次見面時正在看的《靜物》拿出來。

「換句話說——」

說完，我大大地吸了口氣。

「我——一直都在演戲！為了跟大家好好相處……為了融入班上，我一直在勉強自己。不過，我其實很討厭那樣——所以，我決定要放棄了！對大家很抱歉，但我已經決定要做原本的自己了！」

然後，我再次看向在場眾人的臉。

「所以——希望你們也能接納這樣的我！」

——當我把話說完，沉默便籠罩現場。

每個人都一動也不動，安靜得令人沉悶。

帶著灰塵的風從我們之間吹過。

「……原來如此～」

富谷像是要逃離沉默，最先開口說話。

「不過，那樣也不錯不是嗎？」

「就是說啊～」

櫻井緊跟在富谷之後，用輕鬆的語氣這麼說。

然後——

「那……我還要打工，先走一步了。」

「啊，我也是。明天見～」

留下這些話後，他們就快步走出正門。

「嗯……明天見。」

我在對著他們的背影如此回答的同時——發現嘴裡急速變得乾渴。

——不過，那樣也不錯不是嗎？

這句話表面上聽起來像是接納我了。

可是，其實裡頭沒有蘊含任何感情。

——我肯定沒辦法繼續跟他們保持過去的關係吧。

他們兩個教會了我該怎麼及時做出反應，以及該如何找出自己在對話中的定位。

我在他們身上也能感受到友情。

即使如此——我們已經無法維持那樣的交情了。

明確感受到這個事實，讓我有種指尖逐漸變冷的感覺。

不安讓心跳越來越強烈。

果然——不會有人願意接納我。

只要不扮演角色，只要不偽裝自己，就不會有任何人需要我——

然而——

「……早點說啊～～！」

那是令人意想不到的輕鬆聲音。

我看向聲音的主人——發現須藤正無力地看著我。

「咦～～真的假的～～……？你一直都在演戲嗎～～……？我完全沒發現耶～～你可以早點告訴我啊……」

她困擾地皺起眉頭，緊緊閉著眼睛，還不滿地嘟起嘴巴。

她這樣的反應——實在太過「正常」了。

「啊，因、因為……」

以至於我沒能馬上回答。

「抱、抱歉……」

「我是不會生氣啦～」

須藤用力交抱雙臂。

「可是，這樣不就像是我過去一直都在勉強你嗎～！這讓我覺得自己好像是個很過分的人……你要早點說嘛～……」

「……我倒是早就有這種感覺了。」

說完，修司露出苦笑。

「我一直覺得你可能有點勉強自己，但沒想到會勉強到這種地步。」

……的確，跟其他人比起來，修司好像不太會要我表現出歡樂的一面。

我還以為他這個人就是這樣……但其實他早就隱約看穿我了吧？

「話說回來啊～你也太勉強自己了吧～……那本小說也很有文學性吧？你演得太誇張了啦～」

「……真的很抱歉。」

「不，這倒是無所謂啦～～」

——一如往常的反應。

——一如往常的須藤與修司。

隔了一段時間後——我才理解其中的意義。

……沒錯。

其實我早就知道了。

知道這兩個傢伙會像這樣接納我。

知道即使是真實的我，他們也願意跟我做朋友。

「……謝謝你們。」

我自然說出這句話。

「我……能跟你們做朋友真是太好了。」

「……幹嘛突然說這麼見外的話啊～～！這樣很令人難為情耶！」

「的確，被你鄭重其事地這麼說，真的讓人有點不好意思……」

我感謝變得忸忸怩怩的兩人——同時回頭看向春珂。

春珂從剛才就一直站在那裡，裝出秋玻的表情看著我們。

她似乎還無法踏出那一步。

所以——我把手上的筆記本打開。

翻到我們的交換日記某一頁，亮給春珂看。

秋玻的筆跡潦草地在頁面上寫滿這句話。

——我需要妳。

我隔著筆記本對她一笑——原本還沒反應過來的她露出下定決心的表情。

她低下頭，用緩慢的步伐踏出一步。

「嗯？秋玻，妳怎麼了？」

「發生什麼事了？」

然後，她走到須藤與修司面前，抬起頭——看向滿臉狐疑的兩人。

「……咦！」

「水瀨……同學？」

——她不安地皺起眉頭。

——怯懦的雙眼像是隨時都會哭出來一樣。

雙手緊握著書包，腳步搖搖晃晃。

這是春珂頭一次讓須藤與修司看到——她自己的臉。

她那與秋玻判若兩人的表情，讓須藤他們都嚇傻了。

然後，春珂對著這樣的他們——怯生生地開口。

她頭一次說出了那個名字——

「幸、幸會，我叫水瀨……春珂。」

尾聲
Epilogue

1／2的吻

「——我會先去跟父母還有主治醫生談看看。」

秋玻在我身旁走著，如此說道。

「雖然不敢保證，但我想關於住院那件事……只要我跟春珂一起去說，肯定可以被取消吧。」

「這樣啊……」

儘管還不能掉以輕心，但我稍微放心了。

我深深呼出一口氣，同時仰望天空。

「那就好……」

東方的天空開始被染成藍色，而西方的天空還殘留著淡黃色的夕陽。

就在兩種天空的中間，一架飛機像是要劃出分界線，拖著飛機雲飛過。

大馬路上充斥著放學回家的學生和正在買東西的女性，但只要像這樣走進巷子，周圍就會變成在地方都市也能看到的閑靜住宅區景色。

「……能被須藤同學與修司同學接納，我也放心了。」

秋玻的表情稍微放鬆了。

「雖然我告訴春珂不用隱瞞……但果然還是會擔心……」

春珂發表雙重人格宣言後，已經過了超過三個小時。

須藤與修司起初都很驚慌失措，但依然真摯地聽春珂與接著現身的秋玻說明，理解了她過去的一切。

「——那、那麼，也就是說，為了不被班上其他同學發現……妳們每次都要留訊息告訴對方自己遇到的事情嗎……？」

「——呃……我是還沒完全搞懂……可是只要再過一段時間，妳就會從現在的『春珂同學』變成『秋玻同學』對吧？」

最後，修司露出泫然欲泣的表情，懊悔地說：「……對不起，我一直沒發現。」而已經哭出來的須藤則說：「以後不要再隱瞞我們了……」淚珠不斷從眼眶落下。

「謝謝你們……我會轉達給春珂的。」

如此說著的秋玻眼角似乎也泛著淚光。

這樣……問題就大致解決了吧。

春珂可以不用繼續隱瞞自己。

秋玻也不用像以前那樣抱著愧疚過活。

而我——則不用勉強偽裝自己了。

不過，踏上歸途的時候——

「……話說，聽完春珂的話之後，我覺得矢野剛才的告白實在太弱了……」

須藤對我吐槽了這麼一句。

她說的實在很有道理，讓我完全無法反駁。

就算這樣——如果我的勇氣能夠推春珂一把，我就再高興不過了。

「還有……我得向春珂道歉。因為我的誤會，真的讓她擔心受怕了……」

「……嗯，沒錯。我也要向她道歉，畢竟我也得負一半的責任。然後，如果春珂不介意……我想開始幫她得到幸福。」

「……也對。」

秋玻點點頭，低頭看向腳邊。

「等待著春珂的未來……果然是不會改變的。所以在那一刻到來之前……我希望春珂至少能幸福地過屬於自己的人生。」

「嗯，妳說的對。可是……」

「……可是什麼？」

秋玻看向我，疑惑地歪了歪頭。

映著幾光年外銀河的深邃眼眸默默地注視著我——

我用掌心感受著因為那眼神而加速的心跳，如此說道：

「……從今以後，我也想成為妳的助力。」

——秋玻的眼睛猛然睜大。

白皙的臉龐轉眼間染上一片緋紅。

「因為不光是春珂，我也衷心希望妳得到幸福，所以……妳有事都可以跟我說。」

「……是嗎？」

秋玻慌張地移開視線後低下頭。

然後——

「……矢野同學，你也很奸詐呢。居然同時對兩位女孩說這種話……」

「……也許是吧。」

「你最好小心一點，別因此招來怨恨……」

「嗯，我會銘記在心的。」

「……還有就是……」

秋玻突然開始含糊其詞。

然後，她依然低著頭說：

「……關於你的告白。」

「……嗯。」

突然切到這個話題，一股緊張感竄過我的背脊。

沒錯，現在才想起來有點晚，不過我才剛對秋玻表白。

「我是不是應該回覆……那個……就是要不要交往之類的……」

「……啊啊，嗯，也對。畢竟我是認真的……」

「……是嗎？」

秋玻紅著臉，低頭看著地上。

「呃……那麼……」

「嗯……」

「那個……」

秋玻支支吾吾。

然後，她用努力擠出的聲音對做好心理準備的我說——

「……我會積極考慮的。」

「……咦？」

「對不起，我還沒整理好心情。可是，我真的……會非常積極地考慮……希望你能再給我一點時間。」

「……這樣啊……」

……我有一瞬間感到沮喪。

心裡有種期待落空的感覺……可是，嗯。

畢竟才剛發生那種事。

要她現在就給我答案，好像有些太心急了。

「……嗯，我知道了。」

我們還有一點時間。

既然如此，只要她願意在這段時間慢慢考慮就行了。

現在光是能得到「我會積極考慮」這樣的答案就已經足夠了。

就在這時，她緩緩看向手錶確認時間。

「……差不多快到對調的時間了。」

「是啊。」

「下次見面……應該是明天上學的時候吧。總覺得有些難為情呢……」

「哈哈，抱歉啊……」

「沒關係。而且今天真的很感謝你。」

說完，秋玻轉頭看向我，停下腳步，深深一鞠躬。

「從今以後，我跟春珂就麻煩你多多關照了。」

「嗯，我也要請妳們多多關照。」

「那就明天見吧。」

秋玻說完——回頭背對我。

幾秒後，她重新轉過身，筆直地看著我。

然後——

「……欸，矢野同學。」

「嗯？什麼事？」

「你知道……現在的我是『誰』嗎？」

「……咦？」

我忍不住驚呼一聲。

「妳是誰……不就是春珂嗎？」

人格應該已經從秋玻換成春珂。

畢竟她剛才故意不讓我看到臉……

只不過……我確實不曉得她們人格對調的「正確時間」。

即使大致知道是在幾分的時候，也無從得知秒數與具體是在哪一個瞬間。

然後——我再次看向她，嚇了一跳。

……我分不出來。

不管是口氣還是表情，她都刻意保持在兩人之間，不偏向任何一方。

我看不出——現在在我眼前的人是秋玻還是春珂。

「……哼哼哼，看來是成功了呢。可見我的演技也不是蓋的。」

說完——她往我這邊踏出一步。

「矢野同學，我們過去因為雙重人格經歷了許多痛苦。所以，就算我稍微犯規，應該也可以被原諒吧。」

「……犯規？」

我這麼一問，她便稍微踮起腳尖。

然後像要說悄悄話一樣，非常自然地把臉靠過來——

——親吻了我的嘴唇。

稍縱即逝的柔軟觸感。

秀髮散發出的甘甜香氣搔弄鼻腔。

腦袋——開始全速運轉。

她……她怎麼會突然吻我？

眼前這個人到底是誰？是秋玻？還是春珂？

剛才親吻我的到底是哪個人格？

我不知道答案。

我完全想不到答案——腦袋轉眼間就過熱了。

疑惑接二連三湧上心頭，根本沒完沒了。

汗水一口氣從整張臉冒出。

手腳丟臉地抖個不停。

然後她看著動彈不得的我，羞紅著臉——一臉幸福地說：

「矢野同學——我喜歡你。」

後記

我有一位非常矛盾的朋友。

他看似纖細卻又粗野，看似認真卻又隨便，看似純粹卻又超級不純粹。

在我這個想讓自己擁有某種程度的一貫性的人眼中，實在無法理解他為什麼會變成那種人，可是仔細想想，我覺得以一個人類來說，那樣不是更自然嗎？我想要的一貫性到底是什麼？那真的是我真正的想法嗎？我是不是用話語束縛住了人類本身？

放棄了那種東西的他難道不是對「自己」誠實多了嗎？

……大概就是這樣吧。我就是懷著這些疑惑寫出了這部作品。

不知道各位已經看完書的讀者有沒有從中得到樂趣……

我衷心希望所有還沒讀完書的讀者也能從中得到樂趣……

言歸正傳。我基本上是想以作家的身分挑戰各式各樣的作品。所以，我過去寫過平靜的愛情故事，也寫過搞笑的奇幻故事，不太會侷限在特定的題材。

畢竟我對每部作品都有自信，寫的過程也十分開心，各位讀者的反應也都著實令人感激。

不過，我是一個偏食且講究的讀者。

比如說，我希望故事探討能讓人有共鳴的自我意識問題。

或是希望故事裡出現那種高潔的女孩。

或是希望看到那種只讀一遍無法搞懂一切的故事。

因為這種偏食與講究既不是正義，也不是什麼有價值的東西，我在寫自己的作品時一直沒有太過在意，但偶爾還是會例外地把那種感覺反映在自己寫的作品上。

而這部《三角的距離無限趨近零》也是這樣的作品，在我心目中，它在某種意義上是部集大成的作品。正因如此，凡是喜歡這部作品的讀者，我就擅自認定他們都是我的同類了。

以下是謝詞。Ｈｉｔｅｎ老師，這次也承蒙您畫出美麗的插圖，真的非常感謝。早在我看到封面草稿時，就知道：「Ｈｉｔｅｎ老師果然很懂，真是太神啦。」

責編大人，我們改天一起去喝酒吧。

而我最感謝的，便是各位同類了。真的很感謝大家。多虧各位，我才能一直寫到今天。

那麼，這次就到此為止，我們下集再見吧。我是岬鷺宮，大家掰掰。

在流星雨中逝去的妳 1 待續

Kadokawa Fantastic Novels

作者：松山剛　插畫：珈琲貴族

以「太空」與「夢想」為主題，
感人巨作揭開序幕！

「就像過去會影響現在，未來也會影響現在。」二〇二二年十二月十一日──我絕對忘不了的這一天，軌道上的所有人造衛星墜落，人稱「全世界最美麗的恐怖行動」，有唯一的犧牲者……！為了拯救繭居少女天野河星乃，高中生平野大地挺身對抗命運。

NT$250/HK$83

青春豬頭少年不會夢到紅書包女孩

Kadokawa Fantastic Novels

作者：鴨志田 一　插畫：溝口ケージ

酷似童星麻衣的小學生出現在咲太面前？
另一方面，咲太母親表達想見花楓一面……

咲太在七里濱海岸等待麻衣時，酷似童星時代的麻衣的小學生出現在他面前？此外，花楓事件之後就分開住的咲太父親傳達長年住院的母親「想見花楓」的心願。家人的羈絆，新思春期症候群的徵兆——劇情急轉直下的青春豬頭少年系列第九彈！

各 **NT$200~260/HK$65~78**

喜歡本大爺的竟然就妳一個？ 1~6 待續

Kadokawa Fantastic Novels

作者：駱駝　插畫：ブリキ

流水麵線、海水浴，還有煙火大會！
大爺我要把這個暑假享受個體無完膚！

暑假終於要開始了！其實我和葵CosPansy約定好很多事情耶。我的高中二年級暑假將會充滿一輩子未必能有一次的幸福！就讓大爺我享受個體無完膚吧！話是這麼說，為什麼水管的好友特正北風會出現在我面前啦！嗯？有事找我商量？該、該不會是——！

各 **NT$200~240/HK$60~80**

GAMERS電玩咖！ 1~8 待續

Kadokawa Fantastic Novels

作者：葵せきな　插畫：仙人掌

教育旅行後，兩組情侶邁向新的關係。
戀愛的少女們趁這個機會展開行動。

希望故事在這時候能搖身一變，轉型成清新戀愛喜劇，然而——「我、我已經不是『女友』，而是『前女友』了喔！」廢柴女主角分手以後還是放不下。趁這個機會，戀愛的少女們展開行動。於是，到了聖誕夜，「人為的奇蹟」翩然降臨於某段戀情。

各 **NT$180~240/HK$55~75**

Babel 1~2 待續

Kadokawa Fantastic Novels

作者：古宮九時　插畫：森沢晴行

超過400萬人深受感動，
超人氣網路小說終於出版！

水瀨雫撿起怪異書本，回過神來就到了異世界。唯一的幸運之處是「語言相通」。雫與魔法士埃利克一同踏上尋找歸鄉之路的旅程。大陸上因為兩種怪病——孩童的語言障礙與連綿細雨所帶來的疾病，陷入極度混亂。異世界隱藏的衝擊性真相即將揭曉！

各 **NT$240/HK$75**

14歲與插畫家 1~3 待續

Kadokawa Fantastic Novels

作者：むらさきゆきや　插畫、企畫：溝口ケージ

輕小說對插畫家而言就是一種成功的話回饋很高，但成功機率很低的工作。

插畫家京橋悠斗雖然從大型書系那邊接下了委託，但是姊姊京橋彩華卻插手搶走了那份工作，然而錦倒覺得應該別有隱情……？另外，美女插畫家茄子被問到「妳應該喜歡優斗吧？」時，顯得相當慌張，而十四歲的乃木乃乃香也開始對自己的心意產生自覺──

各 **NT$180~200/HK$55~65**

我們不懂察言觀色 1~2（完）

Kadokawa Fantastic Novels

作者：銀 鏡鉢　插畫：ひさまくまこ

讓不懂察言觀色的我們籌劃婚禮？
自由自在的邊緣人們上演的學園破壞系愛情喜劇！

小日向刀彥無視在場氣氛的言行已稱得上是一種災害了。看不下去的學生會長下令，要他與同樣不懂得察言觀色的遺憾系美少女們組成志工社，學習人情世故。隨著解決委託而羈絆更加堅定的志工社，這次要在校慶上替班導師舉行婚禮!?

各 **NT$200/HK$65**

刮掉鬍子的我與撿到的女高中生 1~2 待續

Kadokawa Fantastic Novels

作者：しめさば　插畫：ぶーた

眾所矚目＆大受迴響的年齡差戀愛喜劇！
上班族和蹺家JK，兩人的距離逐漸縮短……

喝完悶酒回家途中，上班族吉田撿到了一個蹺家JK——沙優，順勢展開了一段距離感微妙的同居生活。當他開始逐漸習慣時，沙優提出了一個請求。此時，原先的單戀對象後藤小姐，不知為何約他單獨共進晚餐——上班族與女高中生的日常戀愛喜劇第二集。

各 **NT$220/HK$73**

國家圖書館出版品預行編目資料

三角的距離無限趨近零 / 岬鷺宮作 ; 廖文斌譯. -- 初版. -- 臺北市 : 臺灣角川, 2019.11-
冊 ; 公分. -- (Kadokawa fantastic novels)

譯自 : 三角の距離は限りないゼロ
ISBN 978-957-743-344-2(第1冊 : 平裝)

861.57 108015401

Kadokawa Fantastic Novels

三角的距離無限趨近零 1

（原著名：三角の距離は限りないゼロ）

2019年11月11日　初版第1刷發行
2023年3月16日　初版第6刷發行

作　者：岬鷺宮
插　畫：Hiten
日版設計：鈴木亨
譯　者：廖文斌

發行人：岩崎剛人
總編輯：蔡佩芬
編　輯：孫千棻
美術設計：吳佳昀
印　務：李明修（主任）、張加恩（主任）、張凱棋

發行所：台灣角川股份有限公司
地　址：104台北市中山區松江路223號3樓
電　話：（02）2515-3000
傳　真：（02）2515-0033
網　址：www.kadokawa.com.tw
劃撥帳戶：台灣角川股份有限公司
劃撥帳號：19487412
法律顧問：有澤法律事務所
製　版：尚騰印刷事業有限公司
ＩＳＢＮ：978-957-743-344-2